I0660316

INVENTAIRE
Y²22148

LES BOURGEOIS

DE

MOLINCHART

PAR

CHAMPFLEURY

Traduction et reproduction interdites, suivant les traites.

1

PARIS

LOCARD-DAVI ET DE VRESSE

RUE DE L'HIRONDELLE, 16

1855

LES BOURGEOIS

DE MOLINCHART

EN VENTE CHEZ LES MÊMES ÉDITEURS

Mémoires de M. Prudhomme, par Henri Monnier, 4 vol. in-octavo.

Le Chasseur de Lions, par Jules Gérard (le tueur de lions), 2 vol. in-octavo.

La Robe de Nessus, par Amédée Achard, 3 vol. in-octavo.

Confidences de mademoiselle Mars, recueillies par madame Roger de Beauvoir, 3 vol. in-octavo.

Les Bourgeois de Molinchart, par Champfleury, 3 volumes in-octavo.

La Dame aux Perles, par Alexandre Dumas, fils, 4 vol. in-octavo.

Heures de Prison, par madame Lafarge, 4 vol. in-octavo.

Les Petits-Fils de Lovelace, par Amédée Achard, 3 volumes in-octavo.

Les Chasseurs de Chevelures, par le capitaine Mayne-Reid, traduit par Allyre-Bureau, 3 vol. in-octavo.

Du Soir au Matin, scènes de la vie militaire, par A. Du Casse, aide-de-camp de S. A. I. le prince Jérôme Bonaparte, 1 volume in-octavo.

LES BOURGEOIS

DE

MOLINCHART

PAR

CHAMPFLEURY

Traduction et reproduction interdites, suivant les traités.

1

PARIS

LOCARD-DAVI ET DE VRESSE

RUE DE L'HIRONDELLE, 16

1855

1854

I

Visites d'un chevreuil à quelques bourgeois.

Il y a vingt ans, un chevreuil, poursuivi dans la plaine par des chasseurs, grimpa la montagne de Molinchart et traversa la ville. On en parle encore aujourd'hui.

Les grosses bêtes ne sont pas communes dans cette partie de la France ; un chas-

seur qui rapporte un lièvre est sûr de
commander une certaine admiration. Les
perdrix représentent une bonne partie de
la chasse ; quelques intrépides vont quelquefois au marais et en rapportent ces
oiseaux à long bec, dont la vue seule cha-
touille le palais des gourmets ; mais ceux-
là sont des passionnés, dit-on.

De temps en temps, dans l'hiver, on
entend parler d'un loup qui a été vu dans
les *Blamonts* (corruption de *blanc mont*,
c'est-à-dire mont blanc). — Le fait est
possible ; cependant la mairie n'a que rarement délivré la prime d'usage au paysan
qui apporte le corps d'un loup.

Le chevreuil fit une entrée plus triom--

phante qu'un prince. Il se présenta à la
porte de la ville au moment où le gardien
de l'octroi était occupé à sonder une voiture de roulier. Comme la grosse voiture
occupait tout le passage de la porte, le
chevreuil fit un bond par-dessus la tête de
l'employé, qui, tout stupéfait de ce bruit
particulier, put à peine apercevoir les
pattes de derrière du chevreuil, qui avait
déjà tourné une rue.

Devant la porte d'un marchand de ta-
bac, on remarquait un petit grenadier de
bois du temps de Louis XVI ; il a un habit
bleu à revers blancs, des culottes blan-
ches, de grandes guêtres noires. Sous le
bonnet à poil allongé sort une grosse tête
fortement colorée, d'une nature impassi-

ble, dont les yeux ne semblent occupés qu'à regarder une longue pipe que la bouche serre avec amour.

Le grenadier excite généralement l'admiration des gens de la campagne qui arrivent par cette porte de la ville. Le chevreuil ne daigna pas lever les yeux sur le grenadier de bois qui fume la même pipe depuis une centaine d'années.

Il allait déboucher sur la place du marché qui conduit à la mairie, lorsque, pris de vertige, le chevreuil rebroussa tout à coup chemin.

Ces maisons, ces boutiques ne lui rappelaient que trop sa tranquille forêt de

Saint-Landry, qui appartient à la cou-
ronne, et où les princes de la famille
royale ne pensaient guère à chasser.

— Ah! le voilà! s'écria l'employé de
l'octroi, qui courut au chevreuil avec une
sonde à la main.

L'animal sentait la montagne, et il voulait reprendre le chemin des champs;
mais déjà son entrée avait produit un effet
immense; tout un atelier de couturières
était aux fenêtres; les boutiquiers de la
rue, que le chevreuil avait traversée, sor-
taient de leurs boutiques.

L'animal avait choisi la plus mauvaise

rue de la ville, car elle compte trois hôtels
de voyageurs.

Les trois aubergistes étaient sortis pré-
cipitamment, occupés de cet événement,
les uns armés de couteaux, les autres de
broches ; mais les trois rivaux, en se dis-
putant d'avance la possession du chevreuil, firent que l'animal eut le temps
d'enfiler une ruelle qui conduit aux remparts de la ville.

On vit alors un curieux spectacle : les
marmitons, les cuisiniers des trois hôtels
coururent à sa poursuite en deux bandes
différentes, l'une redescendant vers la porte
de la ville, dans la crainte que le chevreuil

ne coupât brusquement la montagne ;
l'autre suivant à la piste.

Derrière, on entendait un bruit confus
de voix qui criaient : Arrêtez-le !

— Il faut aller au bas de la montagne.

— Vous ne l'aurez pas !

Les trois aubergistes gourmandaient
leurs cuisiniers, leurs marmitons, donnaient des ordres, des contre-ordres, et
ne savaient guère comment se terminerait
l'affaire.

Au cas où le chevreuil voudrait bien se
laisser prendre, un combat était presque

imminent entre les gens des trois hôtels
rivaux.

Le Griffon fit des ouvertures au Soleil-
d'Or, et l'Écu souscrivit aux [conditions
suivantes, c'est-à-dire que le chevreuil serait loyalement partagé en trois parts.

Le Griffon réclama un morceau de poitrine ; le Soleil-d'Or prit le rognon, à la
condition qu'on abandonnerait la tête pour
l'exposer en montre, et l'Écu, qui était
arrivé le dernier à la poursuite de la bête,
se contenta de ce que ses rivaux voulaient
bien lui laisser, c'est-à-dire des bas morceaux.

Cependant le chevreuil trompait les
calculs de ses ennemis ; après avoir res-

piré l'air du haut des remparts, haletant,
effrayé des rumeurs sourdes qui le sui-
vaient, sentant l'odeur de la cuisine, et,
comme tous les animaux qui ont l'instinct
de l'abattoir, il ne retrouvait plus sa piste
et détournait encore une fois les remparts,
c'était vouloir faire une seconde entrée
dans la ville.

Il arriva ainsi sous la voûte obscure de
la mairie, où de tout temps les polissons
de la ville jouent aux *billes;* en apercevant l'animal qui se présentait inopiné-
ment, les enfants se crurent en présence
d'une bête féroce et se répandirent sur la
place en poussant des cris de terreur.

Le chevreuil essaya de rebrousser chemin ; mais, à cent pas de lui, il aperçut les tabliers blancs des gens de cuisine qui le poursuivaient ; alors il continua sa course vers la mairie, qui forme un terrain très en pente, au pied duquel se trouve la vieille tour des Évêques.

C'était un mercredi, jour de petit marché ; il y avait plus de monde là que partout ailleurs.

Le voisinage de la mairie, la grande rue de la ville amènent toujours quelques allants et venants.

Avant de tomber sur l'étalage du marchand de faïence qui fait face à la mairie, le chevreuil était signalé à l'attention du

maître d'hôtel de la Tête-Noire, qui est
toute la journée sur sa porte, en attendant
les voyageurs.

Le maître d'hôtel appela son chef de
cuisine et lui montra le chevreuil, qui,
après une course trop rapide, était tombé
sur quelques faïences et les avait brisées.

Le chef de cuisine dépêcha ses aides, et
ils s'occupèrent à barrer le chemin des
vignes par où la bête pouvait encore s'é-
chapper. Mais les gens de l'hôtel de la
Tête-Noire n'étaient pas assez nombreux
pour barrer entièrement la rue ; un petit
marmiton, qui tenta de s'opposer à la fuite
du chevreuil, fut renversé dans le ruis-
seau ; et l'animal pouvait se croire encore

échappé au feu de la cuisine, lorsqu'à l'ex-
trémité de la rue il rencontra le commissaire de police, qui publiait un arrêté de
la ville à son de caisse. Le bruit du tambour fut la perte du chevreuil, qui, éperdu,
entra dans la boutique de M. Jajeot, épicier et marchand de joujoux.

A ce moment, l'épicier était en train de
détailler un pain de sucre par petits morceaux. Il apportait à cette occupation un
soin extrême : c'était réellement un plaisir que de voir donner un petit coup sec de
marteau et tailler des morceaux de sucre
carrés avec l'habileté d'un ouvrier
adroit.

A chaque nouveau fragment, M. Jajeot

semblait se sourire à lui-même et se com-
plimenter en dedans ; cela se devinait à
un certain clignotement d'yeux et à un
léger mouvement des lèvres en avant ;
puis M. Jajeot prenait délicatement son
sucre du bout des doigts et l'arrangeait
avec symétrie dans une espèce de montre
fendue d'un papier bleu de ciel.

Quand la casse d'un certain nombre de
morceaux de sucre avait produit quelques
fragments sans importance, M. Jajeot
avait encore le soin de les séparer de la
poudre et de ranger ces fragments dans
un bocal ; la poussière de sucre servait
aux divers besoins de la maison Jajeot.

C'est pendant que l'épicier enveloppait

soigneusement sa poussière dans de
grands cornets de papier que le chevreuil
entra et produisit un effet tel qu'il s'en
voit peu dans les meilleurs mélodrames.

Le chevreuil s'embarrassa les pattes
dans des petites charrettes d'enfants qui
formaient une partie des joujoux de la
boutique. M. Jajeot poussa un cri de terreur. Le chevreuil se releva et donna des
cornes dans des têtes de loup, des pelotes
de ficelles, des petits balais qui étaient
accrochés au plafond. L'épicier prit son
cornet de poudre de sucre et le brandit
comme une lance : la poudre de sucre vola
sur son comptoir.

Le chevreuil, qui avait les cornes em-
pêtrées de pelotons de ficelles et de petits

balais, était agacé comme un taureau qui
sent s'enfoncer dans son corps les mille
flèches de *picadores* ; il se jeta au fond de
la boutique, dans une montre qui contenait une trentaine de poupées de toutes
les grandeurs, depuis la grande demoiselle habillée jusqu'à l'enfant dans le berceau. Un Turc tombant dans un sérail de
Françaises eût témoigné moins de désirs ;
car le chevreuil semblait les embrasser les
unes après les autres.

M. Jajeot était hébété et anéanti ; il
avait secoué le moulin à café pour s'en
faire une arme ; mais le moulin à café était
fixé solidement au comptoir depuis peut-
être plus de cent ans. L'épicier cherchait
des armes et ne trouvait partout que des

substances coloniales dont l'emploi comme
machines de guerre constituait des frais
énormes; il mit la main sur des pièces
fausses de six livres qui étaient clouées
au comptoir. S'il avait osé, M. Jajeot eût
jeté des gros sous à la tête du chevreuil,
mais c'était vouloir casser les glaces des
montres.

Cependant, à chaque seconde le désastre augmentait. Au-dessus des poupées
était le compartiment des joujoux, les
maisons, les fermes, les ménages dans de
petites boîtes de sapin, et chaque mouvement du chevreuil amenait un dégât nouveau.

Toute la boutique enfiévrée semblait
atteinte de la danse de Saint-Guy.

C'étaient des pluies de polichinelles qui
tombaient du plafond sur les petits tam-
bours d'enfants; les ballons décrochés
faisaient des bonds considérables, dont
quelques-uns atteignaient le chef de
M. Jajeot; tout était son et mouvement
considérables. Les chanterelles des petits
violons rouges pleuraient, accrochées par
le torrent de joujoux qui ressemblaient à
ces étonnantes pluies de grenouilles qui
effraient les esprits ignorants.

Plus le bruit augmentait, plus le chevreuil effaré causait de dégâts; il se dé-
menait dans la boutique comme un par-
chemin sur des charbons.

Peut-être, sous la lisière de sa tranquille

forêt, avait-il entendu par hasard le son
d'un violon de ménétrier, à la tête d'une
noce ; mais qu'était-ce que cette musique
en comparaison des aboiements des chiens
à soufflets, des lapins jouant du tambour
de basque, des grincements aigus des
petits violons rouges qui rendaient un
dernier soupir désastreux sous ses bonds
effrénés.

La tempête dans les forêts a des hor-
reurs particulières quand le vent, soufflant
de toutes ses forces, siffle en cassant des
branches, en déracinant des arbres ; mais
le rebondissement des ballons, des balles
de gomme, la cascade de billes, ces poupées éventrées dont le son coulait, ces
polichinelles aux abois qui agitaient leurs

petits membres en semblant demander
grâce, ces petits ménages dont toute la
batterie de cuisine était mise au pillage
comme par des barbares ignorants, ces
sucreries gluantes sur lesquelles les pattes
du chevreuil glissaient, non jamais la nature, dans ses révolutions, n'avait autant
troublé un pauvre animal.

L'épicier voulait crier, appeler au secours; mais sa langue était collée à son
palais, la salive n'humectait plus les roua-
ges de sa langue, quand tout à coup le
chef de l'hôtel de la Tête-Noire entra dans
la boutique , un énorme couteau à la
main.

A ce spectacle, M. Jajeot ferma les

yeux, car il avait horreur du sang, et l'i-
dée de voir convertir sa boutique en abattoir fit qu'il se trouva mal.

Mais le chevreuil avait flairé un ennemi
dangereux, et il disparut subitement dans
un petit corridor du fond qui mène à la
chambre à coucher de l'épicier. M. Jajeot
eût alors un spectacle qui lui parut une
vision, un horrible cauchemar.

Derrière le chef de la Tête-Noire étaient
accourus les marmitons, les gens de l'hôtel en criant.

— Par ici, par ici !

Au dehors de la boutique était une

foule immense qui se collait aux vitres de
la boutique, qui riait, qui montrait l'épicier du doigt, qui faisait de grands gestes
en criant :

— Il est chez M. Jajeot.

Il se fit un mouvement dans la foule ;
une seconde bande de marmitons traversa
la boutique au galop : c'était le Soleil
d'Or.

— Où est entré le chevreuil ? demanda
l'un d'eux à l'épicier.

M. Jajeot sans savoir ce qu'il faisait,
montra du doigt son corridor.

Une troisième bande entra plus tumul-

tueuse que la seconde, et continua à fou-
ler aux pieds les joujoux étendus sur le
plancher : c'était l'Ecu.

M. Jajeot fit un violent effort sur lui-
même pour se lever en apercevant au milieu de la foule qui entourait la boutique
le commissaire de police ; mais l'écharpe
blanche du commissaire disparut tout d'un
coup et se perdit dans cette foule tumul-
tueuse qui criait :

— Voilà les bouchers !

Effectivement, la nouvelle d'un animal
dangereux avait couru par la ville, et les
garçons de la boucherie la plus voisine
étaient accourus au-devant du danger.

Cinq grands gaillards, le tablier sanglant, traversèrent la boutique en suivant le chemin qu'avaient suivi les marmitons.

A tout moment la foule augmentait devant la boutique, et M. Jajeot crut à un
acte de sorcellerie quand il vit entrer une
quatrième bande habillée de blanc et
coiffée de bonnets de coton, qui n'était
autre que les cuisiniers du Griffon, ceux
qui étaient postés en observation dans la
montagne et qu'on alla chercher pour les
prévenir que le chevreuil était entré défi-
nitivement dans la ville.

M. Jajeot, dans son trouble, confondait
les premiers avec les derniers, eu égard à

leur costume, et il ne pouvait comprendre
comment des gens qu'il avait vus entrer
dans sa maison pouvaient y revenir sans
en être sortis.

Une douloureuse idée traversa le cerveau de l'épicier.

Qu'étaient devenus ces quarante individus dont on n'entendait plus le bruit? Ils
devaient être tous dans la chambre à coucher, plongeant leurs couteaux dans le
corps du chevreuil ; et cette chambre, si
calme jusqu'alors était témoin d'un meur-
tre affreux.

En ce moment, une partie de la foule
fit craquer les carreaux de la devanture,

qui offrait à l'œil des gourmands les mille
bonbons en bocaux, les liqueurs fines et
d'autres objets d'une valeur inapprécia-
ble et fragile. Une fanfare joyeuse de cors
de chasse éclata dans les airs.

L'émeute avec des clairons sauvages,
des canons retentissants, des fusillades
lointaines, des cris de mourants, des
bruits sourds de trains d'artillerie, des
chevaux au galop, n'aurait pas produit un
plus sinistre effroi aux oreilles de M. Jajeot.

Que pouvait être cette sonnerie de cuivre qui ne trouble jamais les calmes habitudes de Molinchart? Le reflux de la foule

ne laissa rien à chercher de l'esprit du
marchand de joujoux.

Cinq cavaliers en habits de cheval,
dont deux tenaient en main des cors de
chasse, s'avancèrent devant la boutique de
M. Jajeot qui fut tout étonné de ne pas
voir les chevaux traverser sa boutique au
galop ; rien ne pouvait plus le surprendre,
ni le feu du ciel, ni les pluies de grenouilles, ni les sept plaies d'Egypte.

A cette heure, il était rompu à toutes
les émotions ; sous le joug de l'hallucina-
tion, il ne faisait plus partie de la vie
réelle, il rêvait, il n'habitait plus Molinchart, mais un enfer.

La foule redevint silencieuse devant les cinq cavaliers, qui étaient remarquables par leur tournure élégante, de riches costumes de chasse et une physionomie distinguée qui ne permettaient pas de les classer dans la bourgeoisie.

Les deux sonneurs de trompe étaient deux cousins, messieurs de Vorges et de Jonquières, qui habitent un château à trois lieues de Molinchart, près du village des Etouvelles.

Les cavaliers produisirent plus d'effet que toutes les harangues du commissaire de police; la foule se recula et fit cercle autour des chevaux.

La noblesse exerce encore un certain prestige sur la petite bourgeoisie ; l'élégance des manières, la politesse froide de l'ancienne aristocratie, qui a laissé des traces d'hérédité dans le sang, font baisser la tête aux bourgeois, qui se sentent laids et communs devant les nobles, et qui s'en moquent aussitôt que ceux-ci ont tourné les talons.

Le comte de Vorges ayant demandé quelques explications sur la situation du chevreuil, cent voix s'élevèrent dans la foule pour lui répondre.

— Messieurs, dit le comte, voulez-vous garder un instant les chevaux ? je vais voir

à retrouver ces coquins qui s'acharnent
tous après une belle bête.

Le comte entra dans la boutique, et
l'aspect du ravage lui indiqua le chemin,
car le chevreuil avait laissé partout des
traces de son passage : c'étaient mille objets qu'il avait traînés après lui, des platras
qu'il avait détachés du mur en se cognant
avec ses cornes.

— Ah ! monsieur le comte, je suis
ruiné, s'écria M. Jajeot, en reconnaissant
dans sa boutique une figure humaine.

— Où est passé le chevreuil ? demanda
M. de Vorges.

— Par là, dit l'épicier.

— Voudriez-vous, monsieur, me montrer le chemin?

M. Jajeot fit un signe de tête désespéré qui montrait sa profonde répugnance à suivre les traces de la bête.

— Il n'est pas au premier? demanda le comte.

— Je ne sais pas.

— Ni à la cave, par hasard?

L'épicier secoua la tête. Désespérant d'en tirer de meilleurs renseignements, le comte prit le chemin du corridor et entra dans la chambre à coucher, où on ne re-

marquait d'autre désordre que des traces
de pas boueux dont la pointe en avant
annonçait, comme une boussole, que tout
le monde s'était dirigé vers la fenêtre.

— Le chevreuil aura sauté par ici, se
dit le comte.

Il entendit un bruit confus de voix qui
le fit hâter d'arriver.

La fenêtre de la chambre à coucher de
M. Jajeot donne sur une grande cour for-
mant terrasse, qui dépend de la maison de
M. Creton du Coche, avoué.

Justement sous la fenêtre de l'épicier,
un petit appentis qui sert d'entrée à la

cave avait permis au chevreuil d'échapper
encore une fois au corps armé des marmitons, des cuisiniers et des bouchers.

Mais, malgré la légèreté et la souplesse
de ses pattes, le chevreuil avait troué le
toit trop faible de l'appentis ; il parcourut
la terrasse avec inquiétude, et comprit
que la fuite était tout à fait impossible,
cette terrasse étant portée par un mur très
élevé appartenant aux anciennes fortifi-
cations de la ville.

Dans cette folle course, le chevreuil
s'était blessé à la patte en tombant sur le
petit toit ; il se laissa tomber de fatigue
dans un coin de la terrasse, huma l'air
avec son nez et regarda avec ses grands

yeux tristes l'horizon qu'il voyait peut-
être pour la dernière fois.

Une jeune femme parut à la porte vitrée
qui donne sur la terrasse, et fut tout étonnée de voir cet animal étendu, couvert
d'une sueur fumante.

Elle s'approcha du chevreuil, qui devina
une protectrice : il la regarda avec des
yeux pleins de larmes, et la jeune femme
caressait l'animal, s'étonnant de le trouver si doux ; mais une rumeur énorme lui
fit lever les yeux vers la maison de M. Jajeot.

Vingt têtes rouges se pressaient à la fenêtre et regardaient avec des yeux d'envie

I   3

l'animal caressé. Une discussion s'était
élevée entre les cuisiniers et les bouchers,
à l'effet de savoir comment on parvien-
drait à descendre sur la terrasse.

Le plus grand des cuisiniers, grâce à sa
taille, se laissa pendre par les mains, et
son corps ne se trouva guère plus éloigné
d'un pied du petit toit de l'appentis.

Étant arrivé sans accident dans la cour,
il marcha droit au chevreuil, qui se releva
subitement devant ce nouveau danger.

— Ne le tuez pas, monsieur, s'écria la
femme de l'avoué en joignant les mains.

Le cuisinier n'écoutait pas et poursui-

vait le chevreuil sur la terrasse, pendant
que la bande descendait, un par un, par
la fenêtre, suivant l'exemple du premier.

Dans un dernier élan, le chevreuil se
précipita contre la petite porte de la cave
qui donne sous l'appentis, et disparut en
faisant entendre des bruits de bouteilles
cassées.

Le cuisinier de la Tête, qui était le premier poursuivant, s'élança dans la cave,
malgré les prières de la femme qui s'atta-
chait à ses vêtements.

Alors, ayant essayé inutilement d'obte-
nir la vie sauve du chevreuil auprès de ses
nombreux ennemis, la femme de l'avoué

se plaça devant la porte de la cave et essaya de résister aux vingt poursuivants de
l'animal, qui se disputaient, qui criaient
et qui voulaient chacun avoir droit à la
dépouille du chevreuil.

Madame Creton du Coche, que ses amis
appelaient plus généralement Louise, pour
lui épargner l'humiliation du nom bourgeois de son mari, était d'une beauté re-
marquable.

Petite, les membres fins, la démarche
souple, avec son teint d'orange et de
grands yeux noirs couronnés par d'épais
sourcils noirs, on aurait pu la croire d'o-
rigine espagnole.

En ce moment, entourée de gens grossiers qui paraissaient tout disposés à forcer l'entrée de la cave, la femme de l'a-
voué, émue, irritée, devait surprendre
tous les regards par le feu qui brillait dans
ses yeux.

Elle écoutait d'une oreille attentive si
l'homme au couteau qui était descendu
dans la cave, avait rejoint le malheureux
chevreuil; en même temps elle regardait
fixement en face la bande armée de broches et de coutelas, impatiente d'être ar-
rêtée dans sa chasse par une faible femme.

Ce fut au moment où tous criaient qu'ils
avaient droit à la bête, que le comte de
Vorges parut à la fenêtre de la maison de

Jajeot. Déjà la femme de l'avoué perdait contenance; ses nerfs faiblissaient.

De sa main droite passée derrière son dos, elle fermait convulsivement la serrure de la cave, qui n'était qu'un faible obstacle aux bras vigoureux du boucher, lorsque le comte, qui avait également sauté par la fenêtre, changea la scène de face. Il avait compris la lutte de la jeune femme, sans se rendre compte de ses précédents.

— Allons, canailles, s'écria-t-il en faisant siffler sa cravache en l'air, place! Que faites-vous ici?

Les cuisiniers, les palefreniers, les do-

mestiques de la Tête-Noire, qui reconnu-
rent le comte pour l'avoir vu quelquefois
à l'hôtel, baissèrent la tête.

M. de Vorges traversait assez souvent
la ville de Molinchart, soit dans un élé-
gant équipage, soit à cheval, pour attirer
les regards de curieux oisifs ; tous les gens
qui appartenaient aux auberges, aux cui-
sines, et qui sont en général de nature
basse, s'écartèrent.

Les garçons bouchers ne parurent pas
s'inquiéter de l'ordre du comte. Habitués
au sang, à son odeur enivrante, devenus
rudes et grossiers par leur état d'assom-
meurs, vivant moins dans le milieu des
villes , les garçons bouchers semblent

avoir emprunté du caractère du taureau.

Le sentiment, la délicatesse se sont
éteints chez eux par l'habitude du sanglant métier qu'ils exercent.

— Qu'avez-vous besoin dans cette maison? s'écria le comte.

— Monsieur, dit l'orateur de la boucherie, celui qui servait la viande détaillée
aux bonnes de la ville, on nous a appelés
pour tuer une bête qui faisait du ravage
dans la ville.

— Vous pouvez vous en aller; il ne s'a-
git pas de bœuf ou de taureau... Madame,
dit le comte en saluant poliment la femme

de l'avoué, veuillez indiquer, s'il vous plaît, la sortie de votre maison, car il n'est guère présumable que tous ces gens rentrent par cette fenêtre dont nous sommes sortis si cavalièrement.

La femme de l'avoué fit un signe à sa femme de chambre, qui épiait depuis quelques instants cette scène par la fenêtre du salon et qui n'osait se montrer.

Rassurée par la présence du comte, elle se présenta et fit passer par un corridor qui menait à la rue les bouchers et les cuisiniers, honteux de leur mauvaise chasse.

La foule, qui attendait avec une émo-

tion extrême la fin du combat, fut d'abord
stupéfaite en voyant sortir par la maison
de M. Creton du Coche la nombreuse
bande qui était entrée par la boutique de
l'épicier Jajeot.

Le premier mouvement des femmes fut
d'éviter le spectacle sanglant qui devait
être le couronnement de cette poursuite
acharnée; le second mouvement fut une
ardente curiosité pour les vainqueurs et
la victime.

Chacun se haussait sur la pointe des
pieds. Les gens du Soleil-d'Or parurent
les premiers; après eux défilèrent les cuisiniers du Griffon. La foule attendit im-
patiemment le chevreuil; et cette espèce

de procession ne faisait qu'activer la curiosité.

Quand apparurent les bouchers avec
leurs tabliers sanglants, il se fit une forte
rumeur dans la foule. On s'imagina qu'ils
laissaient l'honneur de porter le cadavre
aux gens de l'Écu ; mais ceux-ci sortirent
la tête basse, suivis des gens de la Tête-
Noire, également les mains vides. Tous
traversèrent la foule, ne répondant rien
aux questions que chacun leur adressait.

II

M. Creton du Coche se promenait alors sur les remparts, suivant son habitude, après déjeûner, loin de se douter de ce qui se passait dans sa maison.

Il était sorti à midi précis, pour aller voir *les travaux*. C'est une mission que se

donnent les bourgeois de Molinchart qui
ont du temps à dépenser : fait-on sauter
une roche à cinq heures du matin , ils y
sont avant les ouvriers ; ils veulent savoir
la quantité de poudre qu'on introduit dans
la mine, ils comptent à leur montre les
secondes qui s'écoulent entre le feu et la
détonation ; ils pèsent pour ainsi dire le
bruit de l'explosion, et reviennent en di-
sant, dans la ville, d'un air grave : « Le
rocher de l'année passée a pété au moins
une fois plus fort que celui de ce matin. »

S'agit-il de terrassements, le bourgeois
ne se fatigue pas de rester une journée en
contemplation devant l'ouvrier qui se sert
du râteau. Il s'inquiète du prix de la cor-
vée ; il fatigue le terrassier de questions,

et meuble son cerveau de motifs de conversation sans fin.

Quand, à l'automne, on ébranche les
arbres, le bourgeois suit le haut échafau-
dage qui porte à son sommet le jardinier,
et il compte combien les pauvres de la
ville ont pu emporter de petites faguettes
dans leurs tabliers.

Tel était M. Creton (du Coche), dont le
véritable nom eût dû s'écrire entre deux
parenthèses, car il provenait d'une appel-
lation familière qui avait servi à distinguer
son père, M. Creton, entrepreneur du
service du coche, de M. Creton-Tatosse,
le marchand de draperies.

Quoique la famille des Creton fût à peu

près éteinte dans Molinchart à la mort du marchand de draps, l'habitude, l'usage firent que l'avoué conserva son surnom du Coche. Seulement, l'avoué fut pris d'une faiblesse nobiliaire qui l'amena à retrancher d'abord une parenthèse, celle du milieu, et à signer ainsi ses actes : *Creton du Coche*), petite manie inexplicable, car le signe), qui sert à fermer, ne signifie rien quand il n'a pas été ouvert de la sorte (.

L'auteur se justifiait à ses yeux en alléguant le grand nombre de signatures qu'il était obligé de donner, et la rapidité avec laquelle tous les grands hommes arrivent à donner un signe indéchiffrable à la place de leur signature.

Toujours est-il que M. Creton finit par supprimer tout à fait la parenthèse fermée, et que le surnom qui témoignait de l'origine industrielle de son père devint dès-lors un titre de noblesse.

En faisant graver sur des cartes de visite, grandes et fortes comme du papier à sucre, son nom de Creton du Coche, l'avoué renonça dès-lors à la direction de son étude, qu'il confia aux soins de Faglain, son maître clerc.

Faglain n'était pas plus maître clerc que son patron n'était noble, car s'il avait à gourmander un second clerc, un saute-ruisseau, c'était à lui que s'adressaient les réprimandes. Il était le seul clerc de l'étude, et il trouvait le moyen de s'y ennuyer les deux tiers de la journée.

L'étude de M. Creton du Coche ne fut jamais une étude sérieuse ; un client était une merveille, et quand Faglain allait au tribunal civil, c'était sous prétexte de s'instruire. Aussi le voyait-on généralement plus friand de la justice de paix et de la police correctionnelle, où il trouvait à exercer son hilarité.

M. Creton du Coche ne garda son étude que pour porter le titre de *maître* qui est attaché à cette profession ministérielle.

Il avait recueilli de son père une fortune indépendante, gagnée dans le service du

coche ; mais il tenait à diverses préroga-
tives, telles que celle de la noblesse, de la
maîtrise, de porter un portefeuille sous le
bras et de dire : Je reviens du *Palais* avec
une telle accentuation, qu'on eût pu croire
qu'il avait été embrassé par le pape. C'est
ce qui expliquera peut-être combien sont
recherchées les moindres charges de la
magistrature, dont les fonctions sont si
peu payées en France.

La cravate blanche, la robe, la sévérité
apparente du caractère, l'appareil de la
justice, font qu'un jeune substitut, riche
de quinze cents francs de traitement, croit
faire une médiocre affaire en épousant
quinze mille livres de rente.

En revenant par les remparts, M. Crelon aperçut un étranger qui semblait fort occupé avec une longue-vue à considérer les points les plus éloignés du paysage : un étranger est toujours un événement dans une petite ville ; d'ailleurs , celui-ci était d'une allure assez singulière pour se faire regarder.

Il y avait dans ses grosses moustaches, dans son pantalon noir à larges plis, quelques symptômes militaires, mais le restant de sa physionomie, certaines manières dégagées, souples et sans façon faisaient pencher l'esprit vers le côté civil.

L'étranger était jeune, porteur d'une de ces figures *bon enfant* communes à beau—

coup de gens : il salua l'avoué, qui se sentit flatté de cette avance.

— Monsieur étudie les beautés du
paysage ? dit M. Creton.

— Pardonnez, monsieur , je m'occupe
d'observations météorologiques, répondit
l'étranger.

L'avoué pinça les lèvres et secoua la
tête sans dire un mot, en homme qui feint
de comprendre la portée de cette science.

— Monsieur est un savant à ce que je
vois ?

— Je fais des recherches pour la so-

ciété météorologique, en attendant qu'elle
ait nommé dans la ville un membre correspondant.

— Vous ne trouverez pas ça dans la
ville, dit l'avoué.

— Cependant, dit le jeune homme, j'ai
déjà parcouru une partie de la France, et
j'ai pu former quelques élèves qui sont
maintenant de précieux sujets pour l'avenir. Rien n'est plus attachant que cette
science ; sans doute il faut de l'intelligence ; vous, monsieur, que je n'ai pas le
plaisir de connaître, vous seriez un excel-
lent météorologue ; vous paraissez observateur...

— Oh! oh! dit l'avoué avec un petit rire de satisfaction.

— Vous êtes observateur, ces qualités-là sont peintes sur votre physionomie.

— Il est vrai, dit l'avoué, qu'on me le dit souvent; je regarde, j'aime à m'instruire; mais quelles qualités faut-il pour devenir météorologue?

— Avez-vous quelques minutes à me donner, monsieur?

— Avec plaisir, monsieur.

— Vous n'êtes pas sans avoir remarqué souvent, monsieur, combien l'état du ciel

est variable ; il est couvert à un moment,
tantôt beau, ensuite voilé ; les nuages sont
épars, il y a des balayures, les nuages se
rassemblent en troupeaux ; puis vous voyez
des pommelures, des vapeurs, enfin des
cumulus. Ici, sur le plateau de votre montagne, vous avez des trésors d'observation : le vent change, les nuages courent
et varient de forme à l'infini.

— Je crois bien, monsieur, dit l'avoué.

— Ces perpétuelles variations sont la
mort de la France.

L'avoué regarda son interlocuteur pour
savoir s'il ne se moquait pas de lui.

— Vous allez me comprendre, mon-

sieur. Il y a par toute la France des bois,
des marais, des rivières, *et cætera*. L'homme
a bouleversé la nature, qui n'en avait pas
besoin ; tous les jours vous verrez arra-
cher un bois et le changer en prairie,
planter un bois là où il n'y en avait pas,
creuser un canal dans un endroit sec et
dessécher des marais.

— C'est vrai, dit l'avoué.

— Eh bien, monsieur, c'est là que je
vous attends. L'homme contrarie la nature ; il va contre sa sagesse ; que sait-il
s'il ne fait pas un bouleversement blàma-
ble ? Qui lui a donné le droit de déboisér
une montagne ? L'intérêt, n'est-ce pas ?
Un conseil municipal a-t-il assez de science

pour savoir si les émanations d'un canal
ne sont pas dangereuses, et si l'humidité
d'un marais qu'on dessèche n'avait pas été
calculée par la Providence ?

— Je n'avais jamais pensé à cela, dit
l'avoué ; vous me surprenez.

— Ne voit-on pas avec une secrète tris-
tesse tomber un arbre sous la cognée du
bûcheron ?

— Oui, dit M. Creton, ça m'a toujours
produit quelque effet.

— Si vous étiez un de ces bourgeois
épais de petite ville, je ne vous eusse pas
parlé de la sorte, monsieur ; mais j'ai tout

de suite vu à qui j'avais à faire, et je me suis permis de vous saluer.

— Comment, monsieur, trop flatté, en vérité; c'est un plaisir pour moi que de m'instruire avec un homme qui cause aussi bien...

— Ce n'est pas notre état de parler, monsieur; j'ai une mission plus élevée que je remercie tous les jours la société météorologique de m'avoir confiée; nous voulons, à l'aide de quelques personnes distinguées, augmenter la vie d'un tiers.

— Vraiment! dit l'avoué; c'est beau, c'est fort beau!

— Quel est l'âge moyen de la mortalité
sur votre montagne?

— Nous avons, dit M. Creton, beaucoup
de vieillards de quatre-vingt-dix ans qui
se portent très bien.

— Eh bien! monsieur, avant cinq ans,
si je trouve dans la ville un homme observateur et dévoué à l'humanité, les personnes d'ici dans la force de l'âge, tel que
vous, par exemple, pourront aller aisé-
ment de cent dix à cent quinze ans.

— Ce n'est pas possible.

— Attendez, monsieur, je ne suis pas
un charlatan qui donne des brevets de

longue vie; certainement, je ne guéris
pas les malades, je ne change rien à la
constitution des personnes faibles, mais
j'arrive presque toujours à leur faire ca-
deau d'une dizaine d'années de plus.

— Mais le moyen ! le moyen ! s'écria
M. Creton enthousiasmé.

— Je le crierais en pleine place publique je ne craindrais pas qu'on me le volât.
Il y a tant d'égoïstes dans les sociétés mo-
dernes, qu'il a fallu le concours de savants,
de bienfaiteurs du genre humain pour
s'associer, mettre à la disposition de la société des sommes considérables pour arriver où elle en est. La société météorologique, monsieur, est présidée par le célèbre

M. de Rouillat, que vous connaissez de
réputation.

L'avoué, après avoir entendu le nom,
fit le salut d'un homme poli qui veut avoir
l'air de connaître les célébrités, et qui n'a
jamais entendu leur nom.

— M. de Rouillat, le plus célèbre météo-
rologiste suisse, qui a passé sa vie dans les
veilles et les observatoires, a rassemblé
autour de lui tous les spécialistes les plus
distingués de l'Europe. Il y a eu unanimité
sur son rapport, et l'Europe savante attend
avec anxiété les fruits de son génie.

A la suite des séances de l'Athénée, qui
ont ému tous les corps savants, un pro-

gramme a été adopté, que vous me permettrez de vous faire accepter.

Paris n'est rien, comparé à la France;
c'est la province qui a été désignée pour
former la base des observations.

Il n'y a pas à Paris assez de météorolo-
gues pour s'installer dans chaque province,
chaque département, chaque chef-lieu,
chaque sous-préfecture; d'ailleurs, ces
observations d'un an et plus, tiendraient
les savants parisiens hors de leur sphère
et coûteraient trop d'argent.

Le comité a donc résolu de nommer,
dans chaque ville, un membre correspondant qui étudie, sur les lieux, les varia-

tions de l'atmosphère ; permettez-moi de
vous offrir encore ce tableau divisé par
colonnes, qu'il suffit de remplir les jours
où l'on remarque quelques signes extraor-
dinaires dans les nuages ; ici est la colonne
d'observations, où le véritable savant intelligent consigne des faits particuliers.

Tous les mois ce bulletin doit être renvoyé à Paris, au siége de la société, rue
de la Huchette, par le membre correspondant.

C'est alors que les membres du comité
se rassemblent, dépouillent la correspon-
dance, comparent la situation des dépar-
tements entre eux, s'adjoignent les géolo-
gues les plus remarquables de l'Institut.

— Quel travail, monsieur! s'écria
M. Creton enthousiasmé.

— Au bout d'un an, quand chaque petit
pays a été étudié avec soin, une commission, nommée par le comité, à laquelle on
adjoint le membre-correspondant, par-
court toute la France, et, pour rétablir
l'équilibre dans les variations de l'atmosphère, rend aux terrains, aux bois, aux
marais, la forme primitive que la nature
leur avait donnée; alors l'état sanitaire
reprend les proportions qu'il avait dans la
plus haute antiquité, aux époques où les
hommes ne s'étaient pas avisés de rien
changer à la main de Dieu.

Ainsi parla Larochelle, qui n'était autre

I. 5

qu'un commis-voyageur en baromètres,
thermomètres ou hygromètres, et qui joi-
gnait à son commerce l'invention de la
Société météorologique, dont le brevet se
payait cinq cents francs.

Larochelle fut un des types les plus
adroits de la race des voyageurs de commerce : ayant fait longtemps la place pour
une fabrique d'objets de géographie, la
rage le porta vers l'astronomie, la géolo-
gie, dont il brouilla de telle sorte les élé-
ments, qu'il en arriva à croire sérieusement à son système.

Quoique rusé, Larochelle était de bonne
foi, l'esprit mis à l'envers par un vieil
excentrique qui, tous les ans, se propose

de ruiner les calculs de l'Observato ire. Le commis-voyageur demanda avec aisance des fonds pour une société qui ne se composait en réalité que de lui et de l'astronome halluciné.

Si Larochelle était curieux à entendre développer ses doctrines , il devenait un homme de génie pour changer les cinq cents francs d'un bourgeois contre le fameux diplôme de membre de l'Institut météorologique.

Rarement on l'avait vu manquer son coup. Le bourgeois a toujours aimé à devenir savant sans grande fatigue, et à s'occuper des intérêts de la société , soit

moraux, soit matériels, soit hygiéniques.
Tous ceux qui, dix ans plus tard, devin-
rent fouriéristes, et firent des rentes en
faveur d'un phalanstère qui ne devait jamais exister, étaient, dans le principe,
membres de l'Institut météorologique ?

L'illustre Larochelle gardait toujours,
comme dernier ressort, un moyen qui fit
plus pour la société météorologique que
de beaux plaidoyers : il avait trouvé à
force de génie une sorte de signe particulier, voyant qu'il offrait sérieusement aux
bourgeois comme une décoration dont le
ministère n'avait pas à s'inquiéter, et qui
flattait singulièrement les manies de grandeurs des provinciaux ; mais l'avoué n'a-
vait pas besoin d'être enflammé par la dé-

coration, la parole de Larochelle en fit immédiatement un des adeptes les plus zélés.

— Si vous en aviez le temps, monsieur Creton, lui dit Larochelle, nous pourrions passer ensemble à l'hôtel, et je vous montrerais les différents tableaux de notre société.

— Certainement, dit l'avoué.

— Il vous faut votre diplôme.

— Oh! je tiens au diplôme, dit M. Creton, car je crains l'envie... Je suis certain que cette nomination fera des envieux;

mais j'aurai ma conscience... Vous savez,
monsieur Larochelle, si je vous ai sollicité
pour faire partie de votre société savante...

— Ne craignez rien, dit le commis-
voyageur. Il sera fait expressément men-
tion sur le brevet que vous avez été choisi
par moi-même.

L'avoué ne se sentait pas de joie. Il ne
marchait plus, il volait, malgré la pesan-
teur de son ventre.

— Je pensais bien, dit-il, que j'étais un
peu inoccupé, et qu'il me fallait appliquer
à des travaux sérieux mon esprit exact.

— Dites votre haute intelligence, reprit

Larochelle; vous avez mieux que l'esprit
exact.

— Vous allez trop loin, monsieur Larochelle.

— Non, dit celui-ci, je me connais en
hommes; vous serez un des plus précieux
membres correspondants de la société météorologique.

— Vous me confondez, vraiment...

— Vous êtes jeune encore, monsieur
Creton, vous avez de l'activité, votre esprit
travaille, votre œil est vif...

— J'ai toujours eu une bonne vue, dit

l'avoué, et cette qualité doit être importante pour les observations.

— Si vous n'aviez qu'une bonne vue !
répondit Larochelle ; mais on sent que
votre regard va pénétrant au-delà des
choses connues... C'est votre regard qui
m'a fait vous accoster. Je me suis dit :
Voilà un homme qui serait d'un prix ines-
timable pour la société météorologique, et
il faut se l'attacher par des sacrifices d'argent même s'il en est besoin.

— Je ne voudrais pas être payé, dit
M. Creton ; l'honneur d'appartenir à la
société météorologique me suffit.

— Vous comprenez, monsieur Creton,

dit Larochelle, que, dans certains pays, je me trouve en face de deux personnes capables de remplir la mission dont je le charge. Dernièrement, en Touraine, il y avait un arpenteur assez pauvre qui me paraissait offrir plus de capacité qu'un personnage riche de la même ville ; je n'ai pas hésité. J'ai donné immédiatement la préférence à l'arpenteur, et la société lui fait un traitement annuel. Rien ne nous coûte.

En descendant un sentier qui conduit des promenades au faubourg où logeait Larochelle, M. Creton saluait tous ceux qu'il rencontrait et les interpellait de façon à se faire remarquer, car il se sentait glorieux d'être en société de Larochelle,

et il pensait qu'on ne manquerait pas de
lui demander plus tard : — Avec qui donc
vous promeniez - vous l'autre jour? —
Avec un homme très savant, répondait
naturellement l'avoué. — Ah ! disait-on.
— Oui, il m'a fait l'honneur de me choisir
pour représenter sa société dans le pays.
— Et M. Creton pouvait ainsi annoncer
naturellement sa nomination.

Près de la porte de la ville étaient assis
sur un banc des vieillards qui se réchauf-
faient au soleil.

— Voilà des hommes, monsieur Larochelle, qui vous devront une existence de
quelques années de plus.

— L'honneur vous en reviendra à vous

seul... C'est de la justesse et de la conscience de vos observations que dépend le
sort de ces vieillards.

— Mais c'est une mission fort délicate,
dit l'avoué, je comprends maintenant que
vous ne vous adressiez pas au premier
venu.

— Nous sommes arrivés, dit le commis-
voyageur, qui introduisit M. Creton du
Coche dans la chambre garnie qu'il occupait à l'hôtel.

— Recevez cette décoration, lui dit-il
en lui mettant en main une petite boîte
verte qui brûlait les mains à l'avoué.

— Une décoration ? s'écria M. Creton.

— Oui, mon cher monsieur, permettez
que je vous donne l'accolade de la confra-
ternité scientifique.

— Vraiment, c'est trop, dit l'avoué qui
crut qu'il allait s'évanouir.

Abreuvé de compliments, nageant dans
une mer de joies, l'orgueil lui montant à
la tête, M. Creton du Coche signa, sans
vouloir le lire, un brevet, fait en double
sur papier timbré, par lequel il était nommé
membre correspondant de la société météorologique, et il se reconnaissait rede-
vable d'une rente de cinq cents francs,
payables par trimestres, pour fournir aux

frais de bureaux de ladite société ; mais
l'avoué était trop ravi pour entendre parler d'affaires d'argent, et, le cœur plein
d'émotions nouvelles, il quitta Larochelle,
qui partait le soir même.

III

Une jeune femme en province.

Vers quarante ans, l'avoué se sentit
porté vers les ordres du mariage, et il
épousa mademoiselle Louise Tilly, jeune
fille dont la beauté faisait grand bruit
dans le monde de Molinchart, mais qui
n'avait pour don que sa beauté.

Cette jeune femme, dévorée bientôt par les ennuis du mariage, allait aux soirées de la sous-préfecture, aux grands bals par souscription de la mairie, et recevait une fois par semaine les amis de son mari ; mais elle se trouvait isolée depuis la mort de son père.

Quand venaient les longues soirées d'hiver, M. Creton du Coche, les pieds sur les chenêts, racontait les nombreux travaux qu'il avait *surveillés*. Et depuis dix ans il n'avait jamais changé de conversation.

La femme de l'avoué, pendant dix ans, se condamna à un dévoûment absolu ; elle écoutait ou feignait d'écouter son mari, et s'était habituée à lui donner des répliques sans l'entendre.

De quart d'heure en quart d'heure, elle plaçait un *ah !* un *vraiment !* un *est-ce possible !* qui faisaient croire à l'heureux avoué que sa femme s'intéressait extraordinairement à son récit. Quelquefois, cependant, les réponses ne correspondaient pas tout à fait aux demandes.

Ainsi M. Creton du Coche disait à sa femme : « Veux-tu venir demain matin voir arpenter au bas de la montagne? et Louise lui répondait : — « Vraiment, » sans que l'avoué s'en inquiétât. Il n'avait jamais surpris de traces de mauvaise humeur dans les réponses de sa femme, et il se contentait d'être écouté.

La société de M. Creton du Coche n'offrait rien de satisfaisant à la jeune femme : elle se composait, en autres curiosités, d'un avocat plaidant, âgé de cinquante ans qui n'avait jamais résisté à la manie de faire un calembourg.

On l'avait entendu plaider pour un assassin qui pouvait être condamné à mort, et terminer sa plaidoierie par un jeu de mots adressé au jury, qu'il suppliait de se montrer *juri-dique*.

Depuis vingt ans, il se servait des mêmes calembourgs, et il ne les trouvait jamais ébréchés. Deux fois la semaine, Louise allait passer la soirée avec son mari chez sa sœur, mademoiselle Creton, vieille fille défiante et hargneuse comme toutes les personnes dont on attend la succession.

Ursule Creton, âgée de cinquante-cinq ans, porteuse de bannière à la confrérie de la Vierge, ne put pardonner à son frère d'avoir épousé une jeune fille douce et belle, qu'elle appelait une étrangère.

Le célibat, soit qu'il provienne de la volonté de l'individu, soit qu'il ait été conservé par force majeure, amène souvent ses servants à regarder le mariage comme une immoralité.

Le vieille fille employa mille moyens perfides pour empêcher l'avoué de se ma-

rier ; elle demeurait avec son frère, avant
les noces, mais elle quitta la maison
brusquement quand M. Creton du Coche
lui eut annoncé que le contrat était signé.

Telles étaient les seules relations de famille que Louise eût dans la ville ; peut-
être eût-elle rompu ouvertement avec la
vieille fille si l'avoué ne l'eût priée de la
ménager, mettant sur le compte de l'âge
les aigres paroles dont sa sœur ne manquait jamais de régaler l'arriver des deux
époux.

Mademoiselle Ursule avait un merveilleux flair pour deviner le plus petit ruban
neuf que portait Louise; c'étaient alors
des récriminations sans fin sur les toilettes

d'à présent mises en regard des toilettes
d'autrefois.

La coquetterie moderne, à l'entendre,
dévorait des fortunes ; les hommes étaient
des niais de ne pas mettre ordre à de pareilles profusions. Dieu sait où l'amour de
la toilette entraînait les femmes.

Tout en faisant des généralités, la
vieille fille parlait de telle sorte que la
femme de l'avoué en prit une bonne
part.

Ce moyen de conversation épuisé, la
vieille fille ne parlait que de prêtres et d'affaires de sacristie. Elle se croyait une mémoire prodigieuse pour retenir les ser-

mons, et elle mêlait dans sa tête cinq ou
six phrases nageant dans une mauvaise
sauce latine qu'elle débitait au coin de son
feu, un poing sur la hanche, assise dans
son fauteuil, qu'elle prenait réellement
pour une chaire.

Louise baissait la tête devant ces plaidoyers et son caractère finit par s'assou-
pir en entendant soit son mari, soit sa
sœur.

Vive et spirituelle dans sa jeunesse, elle
devint mélancolique à l'excès et courba
la tête sous le joug de la vie bourgeoise.

Pendant dix ans, le mari n'eut pas

l'idée que sa femme souffrait en dedans ;
il se croyait le modèle des maris, car
toute la ville le félicitait de son heureux
mariage.

Peut-être Louise se fût-elle jetée dans
la religion si l'exemple de la vieille fille
ne lui eût montré le ridicule qu'amènent
les pratiques religieuses mal comprises.
Mademoiselle Ursule Creton aurait, en
effet, chassé les fidèles du temple plutôt
que d'y amener des prosélytes.

La première fois que Louise l'entendit,
elle comprima de violents efforts de rire ;
la vieille fille s'était levée de son fauteuil
et s'appuyait sur un écran vert qui servait
à la protéger contre le grand feu de la

cheminée: « Chers frères et chères sœurs,
s'écriait Ursule Creton en s'adressant à l'a-
voué et à sa femme, nous avons tous de
grands devoirs à remplir, comme le dit
l'Apôtre saint Paul, *sanctus Paulus;* obser-
vons-nous donc, afin que l'âme, du jour
où elle s'échappera de notre vulgaire en-
veloppe, l'âme puisse s'envoler dans les
régions célestes... » Ah! comme M. de la
Simonne a bien dit cela !

Nous n'avons jamais eu de prédicateur
pareil à Molinchart. Dimanche dernier il
a parlé de l'enfer à faire frissonnner :
« L'enfer, mes frères et sœurs, est un lieu
de flammes ardentes, une fournaise, un
brasier incandescent où brûleront perpétuellement les pécheurs endurcis. » Et

il est bien fait, M. de la Simonne, il a
une voix douce et terrible par inter-
valles, c'est un jeune homme, les cheveux
frisés... et honnête ! il m'a demandé si la
bannière ne me fatiguait pas,.. Me fati-
guer, moi, de porter cet emblème de la
pureté... Je ferais plutôt trois fois le tour
de la montagne.

Si Louise, la première fois, comprima
un sourire, quand elle entendit les mêmes
motifs de conversation pendant dix ans
et qu'elle sentit entrer dans son cœur
les ongles de la vieille fille, elle trouva
ces visites si pénibles qu'elle ne se présentait plus chez mademoiselle Ursule
Creton qu'en tremblant.

Elle fut nommée dame de charité;

mais elle retrouva dans ces associations
de bienfaisance mille jalousies de femmes,
mille commérages qui faisaient que les
secours n'allaient pas toujours aux plus
pauvres ou aux plus honnêtes.

Elle résolut alors de chercher elle-
même ses pauvres, et de ne plus recevoir
sa direction des bureaux de bienfaisance
et autres endroits, où souvent le côté officiel paralyse les meilleures intentions.

Une des pointes de la montagne de
Molinchart, celle qui regarde Paris, et
dont l'horizon bleu est borné à dix lieues
par les plaines du Soissonnais, est habitée
par de pauvres gens qui demeurent dans
ce qu'on appelle des *creuttes*, mot évidem-

ment corrompu de *grottes*. Ce sont des ro-
chers creux qui ont formé naturellement
des abris pour protéger contre la pluie et
le vent.

Il y a des creuttes riches et des creuttes
pauvres ; les unes ont été maçonnées
avec soin, de façon à former une chambre carrée. Une cheminée y a été établie ;
l'humidité en a été chassée petit à petit.
Un petit jardinet est au-devant de la
creutte ; des fleurs communes égaient l'entrée ; quelquefois un petit pêcheur se
trouve exposé au grand vent de la montagne.

Les creuttes valent aujourd'hui cent
cinquante à deux cents francs ; mais l'an-

cienne creutte, la véritable ne se reconnaît que par un filet de fumée qui sort
tout à coup de la crevasse d'un rocher.
On s'étonne d'où vient cette fumée et en
cherchant on aperçoit, à travers des
broussailles épaisses, une ouverture basse
et étroite par laquelle on ne peut entrer
qu'en rampant. Quelquefois il en sort un
marmot, curieux comme un lézard, qui
passe sa tête par l'ouverture pour se chauf-
fer au soleil, et qui rentre aussitôt, s'il
aperçoit un étranger.

Des pauvres habitent ces creuttes. Quelques bottes de paille forment le lit de
toute la famille; des haillons de toutes
couleurs, l'habillement des enfants; des
morceaux de pain dur, quelques liards, la
nourriture de ces pauvres.

De grands chardons, symbole de la mi-
sère et de la paresse, se dressent devant
l'entrée de ces creuttes où l'on retrouve
à deux pas d'une petite ville non pas riche, mais où l'existence est facile ou médiocre, ces familles de bohémiens qui ont
été jetés là on ne sait quand, qui viennent
on ne sait d'où.

En se promenant dans ce bel endroit,
peu fréquenté, mais qui offrirait aux en-
thousiastes de grands paysages, un des
plus beaux motifs de la France, Louise
oubliait qu'elle était prisonnière dans la
petite ville de Molinchart.

De ce côté de la montagne il arrive des
bourrasques sauvages qui donnent au

pays de secrètes harmonies avec le grand
spectacle de la mer.

Au pied de la montagne à droite, on
aperçoit une grande étendue de terrain
sauvage et désolé sur lequel quelques
plants de pomme de terre essaient de percer la terre qui forme la base du terrain.
C'est le Mont-Blanc, appelé par inversion
Bla-Mont dans le pays.

Quelquefois un cadavre de cheval se
dessine sur le sable du Mont-Blanc, car
on conduit là les vieux chevaux pour les
abattre.

Sur la partie la plus élevée du *Bla-Mont*
se dresse un moulin à vent désolé, qui a

les ailes cassées et dont le vent enlève
tous les jours une côte.

Cet endroit infertile sert de contraste
aux riches pâturages, aux grands prés
verts qui s'étalent en carrés longs, encadrés d'une bordure de peupliers élancés.
De jolis villages, jetés à droite, à gauche,
au milieu, montrent la richesse du pays.

Louise suivait souvent des yeux la
lourde diligence qui descend bruyamment
la montagne de Molinchart, et qui, aussitôt qu'elle a ôté le gros sabot de fer qui
enraie son train de derrière, s'élance
joyeusement dans la vallée qui mène à
Paris.

Une chaumière, un bouquet d'arbres

masquent tout à coup la diligence, mais
elle reparaît, laissant derrière elle un pa-
nache de poussière. La femme de l'avoué
suivait cette diligence qui va tous les
jours à Paris.

Ce n'était pas le vulgaire désir du provincial qui conduisait son esprit sur la
route de Paris; mais, du haut de la montagne, sa vue s'élançait au-delà des ho-
rizons lointains, et, perdue dans des rê-
veries aussi vagues que la forme des
nuages, la jeune femme oubliait momentanément sa vie rapetissée, et elle s'en revenait le plus lentement possible vers la
ville, en jetant un regard en arrière sur
ses beaux rêves qu'emportait le vent.

Quand Louise allait en soirée, elle ré-

pondait généralement par un sourire
complaisant qui prenait de la mélancolie
de ce qu'il n'était pas sincère. Aux bals,
elle n'eût jamais dansé si M. Creton du
Coche ne lui eût amené des messieurs qui
trouvaient, disait-il, grand plaisir à « faire
un tour de valse avec madame. » L'avoué,
délivré de sa femme, se hasardait à parier
un franc à l'écarté et n'allait jamais au-delà
d'une perte de dix francs.

Comme il était rare que dix mises fus-
sent englouties immédiatement l'une après
l'autre, M. Creton jouait une partie de la
nuit, fort heureux de réaliser un bénéfice
de six francs.

Il ne revenait pas d'étonnement de voir

7

de jeunes employés, des surnuméraires,
des professeurs de collége, jeter hardi-
ment un louis sur une carte et ne paraître
ni trop joyeux ni trop affligés, en cas de
perte ou de gain.

Au bout de huit ans de mariage, Louise
renonça à ce monde; elle déclara formel-
lement à son mari qu'elle avait horreur
des danses, des toilettes, des propos de petite ville, et qu'elle n'accepterait plus aucune invitation.

L'avoué qui, jusqu'alors, n'avait pas entendu sa femme manifester si énergique-
ment sa volonté, essaya de la dissuader
de ses idées de solitude, mais il accepta la

retraite de sa femme sans déranger rien à
sa vie.

Deux fois par semaine il allait à des
soirées de célibataires, et l'hiver il ne
manquait pas un bal ni une soirée particulière. L'absence de sa femme lui four-
nissait d'ailleurs des conversations toutes
faites.

C'était : — On ne voit plus madame
Creton. — Est-elle souffrante? — Le bal
la fatigue peut-être, elle a l'air si délicat.
— Quel dommage que vous n'ayez pas
amené avec vous madame Creton du
Coche! — Vous témoignerez beaucoup
nos regrets de n'avoir pas à notre soirée

la belle madame Creton. — L'année pro-
chaine j'irai prendre de force madame
Creton. — Ah! monsieur Creton, vous
faites le garçon, pendant que madame est
à la maison.

Il serait facile de remplir dix pages de
ces formules de politesse avec lesquelles
une maîtresse de maison accueillait l'a-
voué qui partait en disait à sa femme : « Je
m'en vais donner un coup d'œil, et je reviens. »

Le coup d'œil de M. Creton du Coche
durait la moitié de la nuit, et quand il
rentrait, sa femme était depuis longtemps
endormie.

Celui qui aurait étudié l'avoué pendant
la soirée, se serait dit avec raison :
« Voilà un gros homme gêné dans ses habits noirs, dans sa cravate blanche, dans
ses gants paille, qui n'a rien à faire ici. »

Il a l'air de regarder la foule et il ne
voit rien, son œil ne cherche pas à surprendre le serrement de main d'un jeune
homme et d'une jeune fille qui dansent
ensemble; sa grande oreille rouge et
massive n'entend pas ces jolis mots mysté-
rieux qui se chantent en reconduisant la
danseuse à sa place. Il n'a pas les vio-
lentes passions qui secouent le joueur,
qui font que le sang afflue au cœur, qui
font perler d'invisibles gouttelettes de
sueur sur les pores de son front. La mu-

sique de la valse ne lui révèle pas ses secrètes langueurs. Comment comprendrait-
il ces avertissements, ces conseils harmo-
nieux qui font que la danseuse se laisse
aller de plus en plus sur la poitrine du
jeune homme?

Cependant, M. Creton du Coche aimait
le bal; mais il l'aimait à la façon des bon-
nêtes bourgeois de son espèce, que l'ensemble occupe plus que les détails, que le
mouvement général intéresse, qui s'in-
quiètent de l'éclairage, qui vont de temps
en temps au buffet.

Sorti de ce système d'observations, l'a-
voué était bouché comme aux drames, aux

comédies, aux coquets proverbes qui se
jouent le plus souvent entre deux personnages, avec un éventail pour décor. Louise
s'intéressa la première année à suivre ces
petites scènes; elle avait l'esprit fin, observateur, peut-être un peu trop réfléchi.

D'un coup d'œil; si elle l'avait voulu,
elle eût fait jouer ces comédies à son pro-
fit; mais elle n'avait pas trouvé cette âme
sœur, qui, suivant Lavater, existe quelque part et finit toujours par se rappro-
cher.

Étudier les vices de chacun était trop
facile dans une petite ville où chacun
laisse lire dans ses actions et ses pensées.

A ce jeu de critique maligne, Louise
sentait qu'il était facile de devenir méchant, et, pour se garer de ce défaut
éminemment provincial, la femme de l'a-
voué se condamna à une retraite abso-
lue.

L'événement du chevreuil vint changer
quelque chose à son programme.

Quand il eut chassé la bande qui s'était
introduite dans la maison de l'avoué, le
le comte de Vorges, voyant Louise toute
tremblante, lui offrit son bras, — et elle
en avait grand besoin, car en entrant
dans le salon, elle se laissa tomber sur un
fauteuil, de telle sorte que le comte crut à

un évanouissement. — La femme de chambre suivait.

— Des sels, dit le comte, vite, votre maîtresse se trouve mal. Et il lui prit les mains, qu'elle avait d'une merveilleuse finesse.

Quoique le comte fût du meilleur monde, il ne se rappelait pas avoir jamais touché de mains si douces, si souples et montrant un peu leurs veines ; car malgré que la peau en fût un peu brunie, comme la figure et tout le corps, mille petites veines bleues s'y jouaient et s'y entremêlaient capricieusement.

Les grands yeux noirs de Louise for-

maient la partie la plus appelante de sa
fibre; cependant, étant fermés, ils of-
fraient le charme particulier d'un or plus
bruni qui colorait les paupières. La
bouche entr'ouverte montrait un évanouissement sans douleur et laissait passer
un souffle aussi pur qu'un petit vent qui
aurait traversé un rosier.

Tout en désirant entendre de nouveau
la douce et mélancolique voix de Louise,
le comte ne se sentait pas mécontent de
rester encore quelques instants auprès de
la jeune femme évanouie, et il eut un
moment de dépit en voyant reparaître sa
femme de chambre tenant un flacon de
sels. Avant qu'on en eût fait usage, la
poitrine de Louise, qui se soulevait dou-

cement, sa bouche qui s'ouvrit un peu,
annoncèrent qu'elle revenait à elle.

— Eh bien! madame, dit M. de Vorges,
comment vous trouvez-vous?

— Mieux, monsieur, je vous remercie.

— J'ai été un moment inquiet.

Louise se mit à sourire.

— Quelle faiblesse, dit-elle; mais tous
ces gens m'avaient épouvantée avec leurs
tabliers sanglants; j'ai cru qu'ils entre-
raient de force dans la cave... Ce pauvre
chevreuil! Ah! monsieur, qu'il est cruel

de tuer ces animaux ; on dirait qu'ils pleurent.

— Je ne saurais vous dire, madame, combien je dois de reconnaissance à ce chevreuil : sans lui je n'aurais pas eu le plaisir de vous rencontrer.... Si je vous disais, madame, que j'ai été heureux de votre évanouissement !

Louise sourit d'abord et rougit ensuite considérablement. Le comte s'aperçut du soupçon qui lui venait à l'esprit.

— Je n'aurais jamais cru, madame, que Molinchart pût renfermer une beauté aussi distinguée que la vôtre. Vous étiez tout à l'heure dans un doux sommeil qui m'a rappelé ces belles statues de l'antiquité qui se laissent regarder sans voile, et qui, d'une beauté parfaite, n'inspirent que des idées chastes.

— Mais le chevreuil ! s'écria Louise qui jugea à propos de rompre ce tour de conversation.

— Madame, dit la femme de chambre, il est toujours dans la cave.

— C'est vrai, dit la femme de l'avoué, j'ai la clé dans ma poche. Monsieur le comte, me promettez-vous la grâce du chevreuil ?

— Oh ! certainement, madame.

— Je veux, dit–elle d'un ton charmant, qu'il soit reconduit près d'un bois, et que là on le lâche.

— Madame, nos domestiques veilleront maintenant à protéger la fuite du chevreuil autant qu'ils ont contribué à sa poursuite.

— Monsieur le comte, je vous remercie.

— A mon tour, madame, j'ai une faveur à solliciter, une très grande faveur, il est vrai.

— Monsieur, le sauveur du chevreuil peut demander beaucoup.

— Madame, me permettrez-vous, quand je passerai à Molinchart, de venir savoir de vos nouvelles ?

— Monsieur le comte, je ne reçois pas, je vois seulement quelques amis de mon mari ; il paraîtrait surprenant, dans une petite ville où tout est remarqué, que mon salon, vous voyez quel salon, monsieur ! fût ouvert à des personnes d'une condition tout à fait au-dessus de la nôtre.

— Du moins aurais-je l'honneur, madame, de vous rencontrer cet hiver dans le monde ?

— Guère plus, monsieur, je ne sors pas, je vis à l'écart.

Le comte alors plaida longuement sa cause; il s'étonnait que la seule femme du département se condamnât à la réclusion; d'ailleurs, rien ne l'empêcherait désormais de voir la femme de l'avoué : il viendrait à Molinchart deux fois la semaine; il chercherait à la voir à la fenêtre; il ferait mille démarches pour la rencontrer.

Enfin, il termina son discours de la sorte :

— Madame, c'est en chassant au che-

vreuil à une lieue d'ici, que nous l'avons
fait arriver par hasard dans la ville, il est
entré par hasard dans votre maison, je
vous ai rencontrée par hasard, ou plutôt la
Providence l'a voulu ; mais si vous ne
voulez plus que je vous voie, je me rends
maître du hasard, je chasserai un loup et je
m'arrange de telle sorte que le loup entre
dans votre maison, qu'il mange votre
bonne, votre mari même, peu m'importe,
mais j'arriverai à temps pour tuer le loup
et avoir le plaisir de vous voir.

Cette façon de parler, moitié galante
moitié railleuse, embarrassait Louise, qui
évitait les réponses en rougissant, lorsqu'un incident vint à propos changer les
termes de la conversation.

On entendit un certain bruit qui venait
de la cour et qui provenait de la porte de
cave refermée avec violence.

— Madame, s'écria la femme de chambre qui entra à ce moment, le chevreuil va
casser la porte.

Mais en même temps, une voix d'homme
qui criait : Ouvrez-moi ! ouvrez-moi ! rap-
pela à la femme de l'avoué qu'un des
poursuivants de l'animal était entré dans
la cave avant qu'elle eut le temps de s'y
opposer.

— Allez donc voir, Marie, dit-elle, ce
qui se passe. Mon Dieu, monsieur, je

frémis maintenant ; cette pauvre bête doit avoir été tuée par ce boucher.

— Je prie le ciel que vous vous trompiez, madame, dit le comte ; car je n'aurai plus rien à vous demander.

— Il est mort, madame, s'écria la femme de chambre, il est mort ; voilà qu'on l'emporte.

— Oh ! je ne veux pas le voir, s'écria la femme de l'avoué en se cachant la tête dans ses mains.

En ce moment rentrait M. Creton du Coche, qui ouvrit la porte du salon et qui montra une figure toute bouleversée.

— Que se passe-t-il donc ici ? deman-
da-t-il. La ville est en révolution, il y a
deux mille personnes sur la place ; tout le
monde inspecte ma maison ; chacun me
regarde avec curiosité. Jajeot, l'épicier,
me dit les larmes aux yeux : « Ah ! si vous
saviez ! » Je croyais que le feu était dans
la maison. Je rentre par le corridor, un
homme tout sanglant qui porte un cadavre sur ses épaules, manque de me
renverser, et vous, Louise, vous semblez
consternée.

— Pardon, monsieur du Coche, dit le
comte qui eut l'adresse de supprimer le
mot roturier de Creton, si je suis la cause
innocente de ce trouble.

En reconnaissant M. de Vorges, l'avoué

fit un profond salut, flatté de l'honneur
que lui faisait le comte en lui rendant visite ; puis il écouta avec un grand ébahis-
sement les nombreuses aventures du chevreuil et la perturbation qu'il avait ap-
portée en ville.

— C'est le cuisinier de la Tête-Noire,
dit M. Creton, qui est le vainqueur ; je l'ai
reconnu.

— Alors, monsieur, dit le comte, vous
me permettrez bien de vous envoyer un
quartier de chevreuil pour vous faire oublier les tracas que j'ai apportés, sans le
vouloir, dans votre maison.

En apprenant l'évanouissement de sa

femme, le complot qui avait été fait de
de rendre le chevreuil à la liberté, l'avoué
plaisanta Louise.

— Elle est trop sensible, monsieur le
comte, un rien l'affecte. Pourquoi ne tue-
rait-on pas un chevreuil comme on tue un
mouton, un bœuf?

— Bien certainement, dit Louise je ne
mangerai pas de ce chevreuil.

— Voilà bien les imaginations de femme,
dit l'avoué.

— Je l'ai vu pleurer, monsieur.

— Mais tu ne le connaissais pas, ma
femme, ce chevreuil; tu ne l'avais pas
fréquenté assez longtemps, il ne l'était
pas attaché. Si tu me disais : J'ai une
poule favorite que j'ai élevée avec peine,
à qui tu aurais donné tous les matins de la
mie de pain, je comprends ça; c'est ta
poule, elle ne t'aime pas, mais tu l'aimes... Monsieur le comte, j'accepte avec
plaisir votre quartier de chevreuil, nous
l'arroserons d'un petit vin de la cuve; et
si vous voulez me faire cet honneur et
rendre le chevreuil hors de prix, c'est de
vouloir bien accepter demain d'en venir
manger un morceau sans façon.

— Ce serait avec le plus grand plaisir,
monsieur du Coche, dit le comte, mais
je repars demain matin.

— Oh ! dit l'avoué, vous retarderez
bien d'un jour.

— Et je ne voudrais pas contrarier madame, dit le comte, en la voyant subir
l'aspect de ce chevreuil.

— Vous nous restez, monsieur le comte !
dit l'avoué.

— Ma mère sera bien inquiète.

— Monsieur, dit Louise à son mari,
vous ne faites pas attention que vous
gênez M. le comte.

Le jeune homme lança un regard à la

femme qui voulait l'empêcher d'accepter l'invitation.

— Après tout, dit-il, je peux envoyer aujourd'hui mon domestique prévenir ma mère que je ne la verrai qu'après-demain.

— Ah! s'écria l'avoué en prenant la main du comte, voilà une bonne idée...

Quand le comte fut sorti, Louise dit à son mari :

— Je ne vous comprends pas, monsieur : pourquoi insistez-vous à garder à dîner M. de Vorges? Vous avez dû cependant remarquer que cela me déplaisait.

— Alors, madame, dit M. Creton, notre
maison va donc être convertie en prison ?
Ayez la complaisance de me dire en quoi
vous gêne cette invitation.

— Monsieur, vous êtes avoué ; M. de
Vorges est d'une grande noblesse et
d'une grande fortune ; vous ne pouvez l'é-
galer en rien : malgré votre bonne volonté,
vous lui offrirez un repas misérable, nous
n'avons pas un train de maison convenable.

— Vraiment, madame, on dirait que nous
attendons le roi ; vous avez vu combien
les manières du comte sont simples et
sans affectation ; ce jeune homme me
plaît beaucoup.

— Cependant, monsieur, vous m'aviez permis de me laisser vivre à ma guise. Si je reçois le samedi vos amis, c'est pour vous faire plaisir, c'est parce qu'ils sont vos égaux.

— Eh bien! madame, M. le comte descend à la Tête-Noire ; il y mange d'ordinaire : j'aurai soin de faire venir le repas de la Tête-Noire.

— Ce n'est pas tant le repas, dit Louise, que...

— Quoi! quel mystère encore? Je vous le répète, je connais M. le comte ; dernièrement, j'étais près de la porte de la ville,

faisant le calcul combien les âniers amènent de cruches d'eau par jour du bas de
la montagne. M. le comte de Vorges s'en
retournait en voiture : il m'a salué le premier. Je soutiendrai partout que c'est un
homme bien élevé.

— Et parce qu'il vous a salué, vous pré-
tendez le connaître ?

— Vous le voyez bien, madame, il me
rend visite, il daigne m'offrir un quartier
de chevreuil ; il faut pourtant savoir vivre
dans le monde.

— Quel homme singulier vous êtes !
vous voilà hors de vous parce qu'un comte

a daigné vous saluer... Il poursuit un
chevreuil, entre dans votre maison par
escalade, et vous dites qu'il vous rend visite; il vous offre un quartier de chevreuil
par la plus simple politesse, car il a mis
la maison à l'envers, et vous voilà aussi fier
que si vous aviez été décoré! Avez-vous
bien pensé, monsieur, que demain vos
amsi viennent dîner, suivant leur habitude, ici?

— Ah! s'écria l'avoué, ils ne compren-
draient pas M. de Vorges; je m'en vais les
faire prévenir de ne venir que dimanche.

— Et toute la ville va savoir que vous
traitez M. de Vorges; vos amis en seront

instruits les premiers; ils diront que vous
rougissez d'eux. Vos manies de grandeur
courront la ville, et chacun plaisantera
sur vous.

— Madame, dit l'avoué, je suis au dessus des cancans de Molinchart : que les
malins de café disent ce qu'ils voudront,
ce n'est pas dans ces endroits-là que je
vais consulter le jugement public. Ma po-
sition dans le barreau m'élève à une hau-
teur qui empêche les brocards de m'atteindre... J'ai invité à dîner M. le comte
de Vorges, et plus j'y réfléchis, plus je me
trouve avoir raison. Je pense que vous
voudrez bien faire une toilette en rapport
avec la condition de la personne que
nous recevrons.

— Une toilette de bal! dit Louise en
souriant. Quant à ceci, monsieur, vous
permettrez que je m'en rapporte à mon
goût.

IV

Un grand dîner.

M. Creton s'était donné une peine immense pour le dîner; il avait fait des listes
sans fin, contenant les notabilités de la
ville, ses amis et ses parents.

Cette combinaison produisit une liste
de cinquante couverts.

I   9

En voyant ce chiffre, l'avoué fut effrayé
et se mit à raturer certains noms pour les
re mplacer par d'autres : il hésitait entre
ses amis, ses parents et les notabilités,
car les trois combinaisons se combat-
taient. Inviter les fonctionnaires de Molinchart, c'était donner un dîner officiel, c'é-
tait faire croire que l'avoué cherchait des
honneurs ; les amis et les parents de l'avoué
n'étaient pas tous gens du meilleur monde ;
l'avoué finit par restreindre sa table à vingt
couverts, mêlant les trois combinaisons
qui devaient offrir aux yeux du comte de
Vorges la crème de la société molinchar-
taise.

Louise s'était chargée de mille petits détails destinés à faire oublier certaines ha-

bitudes bourgeoises dont l'avoué ne pouvait se séparer.

Elle mit en réquisition toute la serre
d'un jardinier du faubourg pour remplir
sa salle à manger de fleurs. Elle fit enle-
ver des tableaux qui provoquaient l'admiration perpétuelle de son mari ; elle veilla
de son mieux à l'exécution du repas qui
était servi moitié par l'hôtel de la Tête-
Noire et moitié par un célèbre pâtissier de
la rue des Battoirs.

Entre cinq et six heures du soir, la
société arriva et fut émerveillée de l'aspect
qu'une femme avait donné, en moins d'une
journée, à des appartements construits
sans art et décorés sans coquetterie.

Louise avait une toilette charmante :
elle portait une robe qu'on croyait blanche au premier aspect, et qui offrait, dans
les plis, la couleur mourante de la rose-
thé. Cette nuance délicate s'harmonisait
merveilleusement avec le ton doré de la
jeune femme ; au milieu de l'agitation que
produit toujours une telle réunion, les
grands yeux nobles de Louise avaient
perdu leur résignation.

Elle devint, au dîner, ce qu'elle était
avant son mariage, une belle jeune fille
souriante, heureuse de vivre et laissant le
bonheur sortir par tous les pores de son
visage.

Le comte de Vorges avait été placé auprès d'elle.

Quoiqu'âgé de vingt-cinq ans, il conservait le charme de la première jeunesse.
Une petite moustache, qui ressemblait à
un peu de fumée qui sort de la cabane
d'un pauvre, contribuait sans doute à le
faire paraître plus jeune qu'il n'était réellement.

Vers vingt-trois ans, il était revenu de
Paris, à la suite d'une passion violente
pour une comédienne, et, depuis, il ne
sortait plus de ses terres.

On l'avait vu arriver un jour à Molinchart, maigre, pâle, triste, et telle était la
tradition qui courait le pays. La santé lui
revint, mais il conserva toujours un sourire triste et mélancolique, un regard inar-

rêté qui poussait les gens à l'intérêt. On racontait de lui des faits prodigieux, presqu'incroyables, qui jetaient les esprits dans la surprise.

La montagne de Molinchart forme cinq coudes qui ont permis de tracer avec beaucoup moins de frais une montée accessible aux voyageurs; au milieu de cette montagne est un chemin raide, escarpé, raboteux, qui coupe au court et qui sert aux piétons à gagner une bonne moitié de temps : on appelle, dans le pays, cette route *grimpette*, car il faut presque l'escalader pour arriver en haut.

Les enfants adorent ce chemin et le pré-

fèrent naturellement à la voie régulière.
Cependant, dans les temps d'hiver, il est
impossible d'en descendre, ainsi que pendant le dégel.

Un jour de marché, les paysans qui apportent leurs légumes par la grande montagne, furent plus effrayés que s'ils avaient
vu le diable. Un homme à cheval descendait au grand galop la *grimpette*.

Le comte de Vorges ayant entendu dire
qu'en 1814, un officier russe avait tenté
l'aventure, fait qu'il regardait comme
impossible et qu'il essaya de renouve-
veler cependant, au risque de se tuer
mille fois, la tête broyée contre les arbres.

Il n'en fallait pas tant pour exciter dans
la ville une vive curiosité : mais l'auda-
cieux cavalier ne rentra pas dans Molinchart à la suite de ce défi, ayant le bon
goût de ne pas se poser en écuyer et ne
voulant pas s'exposer aux regards de la
foule.

Si le comte de Vorges eût été d'une nature fanfaronne, se plaisant à troubler par
bravade le calme des habitudes réglées
d'une petite ville, il eût passé, à la suite
de cette action, pour un fou ; mais il y
avait une telle froideur sur sa figure, qu'on
ne sut qu'en penser.

Avec quelques traits de cette nature, en

continuant de vivre à l'écart dans le château de sa mère, presque toujours à cheval
ou à la chasse, le comte de Vorges pouvait
devenir un héros de chronique un peu
mystérieuse.

L'avocat Grégoire, qui ne doutait de rien
et qui s'était promis de faire parler à table
le jeune comte, passa la moitié du repas à
chercher une entrée en conversation.
Quand il croyait avoir trouvé une phrase
et qu'il se tournait vers M. de Vorges pour
lui adresser la parole, l'air froid de grand
seigneur avec lequel il était regardé l'em-
pêchait d'arriver à son but et lui faisait
demander tantôt du sel, tantôt du poivre,
tantôt de la moutarde, car il se sentait de-
viné dans ses pensées.

M. Creton avait écrit lui-même les noms des convives sur de petits morceaux de papier qu'on avait fourrés dans les serviettes pliées en triangle et grosses d'un petit pain.

Il avait pour voisin de droite M. Lebailly, bourgeois riche, un des meilleurs écouteurs de province.

M. Lebailly, homme grave, aurait entendu parler les langues les plus savantes qu'il eût fait un signe d'assentiment consistant en une étrange grimace. Les yeux se fermaient, le nez s'allongeait, la bouche rentrait en dedans. Il semblait avaler un trésor et ne comprenait rien à ce qu'on lui disait. Il passait pour un homme très intelligent; on ne le consultait pas parce qu'il était connu qu'il ne répondait pas; mais quand quelqu'un voulait s'asseoir dans une opinion, s'entendre dire oui, il allait en référer à M. Lebailly, qui ne manquait pas sa grimace affirmative.

— Il me faudra beaucoup de girouettes, lui disait M. Creton : j'en place une sur le grand toit, une autre sur le petit pavillon qui fait retour sur la terrasse, une troisième sur le mur de la terrasse... Vous concevez, monsieur Lebailly, pourquoi. Je n'aurai pas toujours besoin de me déranger pour aller voir la situation du vent. Si je suis au premier étage, de ma chambre à coucher j'aperçois la girouette du petit pavil-

lon, et dans le salon, tout en vaquant à
mes occupations, la girouette du mur de la
terrasse joue sous mes yeux... C'est une
grave commission que j'ai acceptée, et je
veux la remplir avec dévoûment...N'est-ce
pas heureux, monsieur Lebailly, si j'al-
longe votre existence d'une dizaine d'années : voilà pourtant à quoi j'arrive en ne
quittant pas de l'œil mes girouettes.

— Monsieur, ne me parlez pas de la république, disait une demoiselle d'Autremencourt, qui était à la gauche de l'avoué,
et qui répondait à M. Chotat, grand-maître
de la loge franc-maçonnique de Molinchart;
non, monsieur, vous ne savez pas ce que
c'est que la république. Ma mère l'a vue,

monsieur, et elle frémissait encore des
excès qui s'y sont passés...

— Cependant, mademoiselle d'Autremencourt, vous admettez bien qu'il y avait
quelques honnêtes gens parmi les conven-
tionnels ?

— Non, monsieur, ils étaient tous plus
abominables les uns que les autres... Ce
Saint-Just, cet exécrable monstre, savez-
vous ce qu'il a fait dans Molinchart? Eh
bien, monsieur, la famille de M. Delamour
existe encore ici...

— Plaît-il, mademoiselle d'Autremencourt? s'écria M. Delamour, qui entendait
son nom mis en question.

— Oh ! pardon, monsieur Delamour, si je rappelle à vos souvenirs un événement fâcheux : je parlais de Victoire Delamour, qui était une jeune personne douce, bien élevée, sortant du couvent, et toujours maladive, lorsque cet ogre de Saint-Just arriva à Molinchart. Il connaissait la famille de mademoiselle Delamour, il fait l'homme complaisant, dévoué, le scélérat ! Il offre de conduire mademoiselle Delamour à Paris, dans une maison de santé, afin qu'elle fût traitée avec soin. Les parents le croient et lui laissent emmener la jeune fille. Savez-vous ce qu'il fait ? En arrivant à Paris, il ne perd pas une minute, il la fait guillotiner.

La discussion s'engagea alors sur l'an-

cienne révolution que mademoiselle d'Autremencourt n'avait pas mise sur le tapis,
sans motifs : elle voulait donner une leçon
à M. Chotat, chef de la réunion des franc-
maçons, qu'on accusait, en 1823, de
tremper dans les conspirations de carbo-
nari.

M. Chotat profita de cette attaque pour
faire un plaidoyer en faveur des idées ré-
volutionnaires, et une partie de la table se
lança dans la discussion.

— Combien vous devez souffrir, madame, dit, en s'adressant à Louise, le comte
de Vorges, d'être obligée d'entendre tous
ces beaux raisonnements!

— Hélas! j'en ai pris mon parti, monsieur, dit-elle.

— Pas gaîment, du moins, dit le comte;
quoi que vous fassiez, les secrètes mélan-
colies qui sont en vous apparaissent à la
surface et viennent voiler votre beau regard. Je vous comprends, madame, et je
sens combien vous souffrez des gens qui
vous entourent.

— Mais, monsieur, dit-elle d'un ton
froissé, je vis le plus souvent entourée de
mon mari.

— Sans doute, poursuivit le jeune
comte, M. Creton est un honnête homme,

il est incapable de chercher à vous peiner,
et, cependant, à chaque minute de la
journée, il vous froisse, il vous brise...
quand on a souffert comme moi, madame,
quand on a le cœur brisé, on devient savant dans ces matières.

— Vous avez autant souffert, vraiment?
dit Louise d'un ton légèrement ironi-
que.

— Vous voudriez avoir l'air de vous
moquer? madame.

— Monsieur, je ne me moque jamais de
personne, croyez-le bien; mais, à votre
âge, il me semble difficile de croire à de

1   10

pareils tourments. Vous êtes libre, dit-elle
d'un ton mélancolique.

— Les femmes sont singulières, dit le
comte ; tout à l'heure, madame, vous ne
vouliez pas avouer la mélancolie qui est
peinte sur vos traits, et, maintenant, vous
venez de parler de liberté avec l'accent
d'un prisonnier.

— Ne parlez pas si haut, monsieur, dit
Louise en baissant la voix ; et il est bien
prouvé, dit-elle en s'adressant à mademoiselle d'Autremencourt, que Saint-Just a
commis ce crime uniquement pour le
plaisir de commettre un crime ?

— Voilà bien ma femme, dit M. Creton,

il lui faut une heure pour réfléchir à la
conversation, on ne parle plus de Saint-
Just, maintenant, c'est fini. Monsieur le
comte, ne faites pas attention si ma femme
ne vous répond pas immédiatement, elle
est très réfléchie.

Louise baissa la tête sous les sarcasmes
de son mari, tandis qu'un sourire imper-
ceptible se dessinait sur les lèvres du
comte.

Il laissa la conversation reprendre son
cours et ne voulut pas profiter de la fausse
situation où M. Creton avait mis sa femme.
Louise, d'ailleurs, affectait de causer avec
son voisin de gauche, M. Janotet, qui racontait en grand la maladie de sa femme.

M. Janotet, juge suppléant au tribunal
de Molinchart, ne siégeait jamais, et se
contentait du titre. On craignait son intelligence, car il eût pu lui arriver de con-
fondre les témoins avec l'accusé.

C'était un homme aux yeux pâles, au
teint blanc, ayant quelque ressemblance
avec de la porcelaine transparente. Il sou-
riait fréquemment, s'intéressait aux détails les plus simples de la vie, aurait passé
une journée à s'inquiéter des nouvelles de
la santé. Avec un « Comment vous por-
tez-vous? » il tirait des motifs de conversation pour toute la soirée.

M. Janotet délayait sa conversation dans

une eau fade, et, pour mieux se faire entendre de ses interlocuteurs, car il avait
une voix blanche et insaisissable, il se
penchait à leur oreille comme s'il avait à
leur confier des choses secrètes. Louise subit tout au long l'indisposition de madame Janotet, qui n'avait pu venir au
repas.

— Elle a attrapé un coup d'air, disait
son mari, en se promenant avant-hier
soir sur les remparts. Nous avons appelé
immédiatement le médecin qui lui con-
seille de prendre des ménagements. Elle
boit beaucoup de guimauve très peu su-
crée, parce que le sucre est échauffant, ce
qui ne convient pas au tempérament de
madame Janotet; mais, avec un peu de

patience et de repos, ma femme ne peut
tarder à se guérir.

— Madame Janotet est souvent prise
d'indispositions, dit Louise.

— Très souvent, madame ; elle est délicate sans en avoir l'air, un rien la met hors
d'elle-même : une porte ouverte, une fenêtre sans tampons, un peu d'humidité,
trop de chaleur... elle craint surtout
beaucoup les chaleurs...

— Et monsieur votre fils grandit tous
les jours, dit Louise en regardant le petit
Janotet, qui remplaçait sa mère à table et
qui rougit considérablement en baissant

les yeux, aussitôt qu'il entendit qu'on
s'occupait de lui.

Le petit Janotet était le décalque affai-
bli du juge suppléant; il semblait un
souffle, tant il était pâle, malingre et timide à l'âge de quinze ans.

Il ne quittait jamais son père et suçait
les principes de son imbécillité. Il ne parlait qu'avec une vieille bonne qui l'avait
élevé et qu'il appelait encore *Rudédé*.

La grosse paysanne semblait seule faire
plaisir à son jeune maître en lui parlant
ce langage enfantin composé de redouble-
ments de syllabes identiques dont se ser-

vent les nourrices avec les enfants au berceau.

Quoiqu'il prît de l'âge, tous ceux qui la connaissaient l'appelaient encore *Toto*, et il semblait pris d'effroi quand il s'entendait appeler par son véritable nom.

On le voyait partout suivre son père, le tenir par le pan de l'habit, et quand le juge suppléant entrait dans un salon, immédiatement entrait sur ses talons Toto, qui serait mort de frayeur s'il avait été séparé de son père par une porte.

— Eh bien ! Toto, dit Louise, est-ce que je te fais peur ?

— Il est bien doux, mais un peu timide, dit le juge suppléant en regardant son fils avec complaisance.

Pendant ces conversations, le comte donnait les signes d'une vive impatience ; Louise entendait résonner le parquet de petits coups secs, qui annonçaient une colère mal dissimulée. Elle eut pitié de son hôte et se tourna vers lui.

— Je suis maîtresse de maison, monsieur, lui dit-elle, et je suis bien forcée de faire les honneurs de chez moi.

— Mais, madame, je n'ai rien dit qui pût vous empêcher de faire la conversation avec vos convives.

— Je vous demande pardon, monsieur,
je croyais avoir surpris quelques marques
d'impatience de votre part.

— Je l'avoue, madame, vous avez raison ; je vous écoutais et je rageais d'entendre votre jolie voix répondre des paroles si inutiles à la personne qui est à votre
gauche.

— Le monde n'a-t-il pas ses exigences ?
dit Louise. Remarquez, monsieur, que
vous laisserez chez nos invités une impression fâcheuse, vous ne leur avez pas encore dit un mot, et ils en seront d'autant
plus blessés, que votre titre leur fera croire
à de la fierté de votre part.

— J'en serais réellement désolé, dit le
comte, mais ma fortune modeste et ce titre
de comte, qui ne signifie rien, ne m'ont
jamais tourné la tête à ce point. Je parle
très peu d'ordinaire, et je ne parle surtout
qu'aux personnes qui me sont sympathi-
ques.

— Les personnes qui sont ici ne vous
connaissent pas intimement, monsieur;
vous dites que vous parlez peu, mais on
vous a vu, presque tout le dîner, causer
avec moi.

— Auprès de vous, madame, je ne me
sens plus en province, et je crois retrouver
les femmes jeunes, distinguées et sans

prétentions, que j'ai rencontrées quelquefois dans les salons parisiens.

— Vous êtes un flatteur, monsieur; tâ-
chez de vous souvenir que nous sommes
en province.

A partir de ce moment, le comte changea
de façon d'agir : il sourit au dernier calembourg que venait de faire l'avocat Grégoire, qui en profita pour lui dire qu'il
avait beaucoup connu son père et qu'il lui
avait fait gagner jadis un procès très im-
portant.

La vieille demoiselle d'Autremencourt
se laissa prendre à un salut affectueux du

comte de Vorges et se mit à entamer l'éloge
de la noblesse; la discussion sur les variations de l'atmosphère continuait entre
M. Creton du Coche et son voisin M. Lebailly ; le comte en profita pour inviter l'a-
voué à venir faire des comparaisons entre
le climat de la vallée et celui de la montagne, et à s'installer quelques jours au
château de Vorges, où il trouverait tout ce
qui lui serait nécessaire pour faire ses observations scientifiques.

— J'ai un de mes parents, dit le comte,
qui est président de l'académie de Reims.
Je crois, monsieur du Coche, qu'il serait
très intéressant de communiquer vos travaux à cette société savante et de vous en
faire recevoir membre.

— Comment donc, monsieur le comte ? s'écria l'avoué, qui voyait avec joie les honneurs scientifiques fondre sur lui.

— Cette société, dit le comte, s'occupe assez peu d'art et de belles-lettres ; cependant on y compose quelquefois des morceaux de poésie fort remarquables pour une ville industrielle, mais les efforts de la société académique se tournent plutôt vers les questions d'utilité pratique, et je suis certain qu'on accueillerait votre demande avec le plus grand plaisir.

Jusqu'à la fin du repas, le comte s'occupa tour à tour des différents convives et entra dans la conversation avec des

paroles flatteuses pour chacun. Il trouva
même le moyen de causer avec Toto et de
s'inquiéter de sa bonne Radédé.

— Je vous remercie, monsieur, dit
Louise en serrant imperceptiblement le
bras du comte, qui la conduisait de la salle
à manger au salon. Vous avez gagné le
cœur de tout le monde.

— Bien vrai, de tout le monde ? dit le
jeune homme. Ah! que je suis heureux!

— Il ne vous reste plus, dit la femme de
l'avoué, qu'à mettre de côté un reste de rail-
lerie parisienne, que personne ici ne de-
vine, mais que je comprends parfaitement.

Il est trop facile de plaisanter de pauvres provinciaux qui ne sont jamais sortis de chez eux.

— Vous voulez me rendre parfait, dit le comte; si je pouvais vous voir plus souvent, madame, je crois que vous finiriez par me faire adorer tous vos invités.

— Adorer, dit Louise, c'est beaucoup, supportez-les, ayez l'air de vous intéresser à leurs moindres manies.

— Et vous me permettrez de venir plus souvent vous rendre visite?

— Je ne l'ai pas entendu de la sorte,

monsieur. Quel intérêt trouveriez-vous à
la maison ?

— Quel intérêt ! madame ; vous voir,
vous parler, vous écouter, n'est-ce pas là
le plus grand bonheur... Je m'en vais m'en
retourner, et je suis sûr que ma mère ne
me reconnaîtra pas ; je me sens tout changé
au dedans ; il est impossible que ma figure n'en témoigne pas quelque chose.

— Assez, monsieur, dit Louise avec un
petit ton de commandement ; on va nous
faire de la musique.

Dans ce moment, une note perçante
d'instrument à vent venait de se faire en-

tendre dans l'appartement. M. Janotet
avait tiré de sa poche une petite flûte, et
soufflait dedans pour l'échauffer.

— Monsieur le comte, dit l'avoué, ces
messieurs nous ont préparé une surprise
après le café : M. Janotet va nous jouer le
Duel, un fort beau duo, avec M. Pector, le
meilleur basson du département.

Le comte, qui avait quelque teinture de
musique se leva, regarda la musique sur
un des pupitres et fut tout étonné de voir
sur le frontispice : duo pour deux violons.

— Nous le jouons pour basson et petite

flûte, dit M. Janotet, et même divers artis-
tes de la capitale, qui nous l'ont entendu
exécuter, trouvent que le morceau y ga-
gne à cause de la différence des timbres.

— Oui, dit le comte, deux violons se-
raient trop uniformes.

— Précisément, dit M. Janotet. Voyons,
Toto, tu ne peux cependant pas rester dans
mes jambes pendant que je jouerai...
Veux-tu tenir la musique ? Tu seras tout
près de moi.

L'enfant prit la musique, quoiqu'il
tremblât à chaque son du basson qui s'é-
chappait de l'instrument de M. Pector.

— Vous allez voir, dit M. Creton du
Coche au comte, il y a une petite comédie,
au commencement, qui est fort intéres-
sante quand on ne la connaît pas.

— Tenez-vous bien, monsieur, dit
Louise, qui semblait craindre le spectacle
annoncé; je ne m'attendais pas à une telle
surprise.

M. Creton se frottait les mains et faisait
asseoir ses invités dans des fauteuils, qui
formaient cercle autour des deux ama-
teurs.

— Vous ferez le combat surtout, disait-
il à M. Pector, qui ajustait les diverses piè-

ces de son instrument, et qui dirigeait son basson en avant comme une mince couleuvrine.

— Je ne demande pas mieux, dit M. Pector, si M. Janotet y consent. L'avoué courut au-devant de M. Janotet, qui donnait ses instructions à son fils.

— Toto, fais bien attention à retourner la page, tu me ferais manquer ma variation.

— Allons, Janotet, un beau combat, dit l'avoué.

— C'est bien connu, dit le juge suppléant, qui aimait à se faire prier.

Monsieur le comte de Vorges ne se doute pas de ce qui va se passer, dit M. Creton ; je suis certain qu'il sera très curieux de ce divertissement.... Mesdames et messieurs, je vous demanderai un peu de silence pour entendre le duel qui va avoir lieu devant vos yeux par deux adversaires musiciens.

Il se fit alors un grand calme dans le salon. Les deux instrumentistes étaient placés en face l'un de l'autre ; ils se regardaient fixement.

A un signe de tête de Janotet, M. Pector fit avec son basson un salut croisé que la petite flûte lui rendit comme s'il s'était agi de battre la mesure. M. Janotet se

fendit, tenant droit son petit instrument :
on eût dit qu'il voulait percer son adver-
saire, qui, le basson en arrêt, jouissait de
suprêmes avantages, vu la longueur de
l'instrument.

— Que prétendent faire ces deux messieurs ? demanda le comte à Louise.

— Ils veulent imiter un combat à l'épée.

— Il faut, madame, que je vous aie juré
d'être grave, car...

— Vous n'êtes encore qu'au début ; patience, dit Louise.

En ce moment, les deux instrumentistes parcouraient le cercle en sens inverse et faisaient mine de se poursuivre ; Toto tenait son père par le bras et semblait terrifié du long basson qui marchait derrière lui.

— Très bien ! s'écria M. Creton du Coche, c'est parfait ; n'est-ce pas, monsieur le comte ; ne jurerait-on pas un véritable duel ?

— Oui, monsieur Creton, sans doute, mais les armes ne sont pas égales.

— Qu'importe ! on se figure un combat et on oublie qu'on est en présence de mu-

siciens. Tenez, mademoiselle d'Autremencourt se cache les yeux, tant elle a horreur du sang... Pschtt! voilà le basson qui
commence...

M. Pector venait de lancer les premières
notes du *Duel*, qui est un vieux morceau
imitatif du temps du directoire.

Au début, on entendait une sorte de
querelle entre deux individus. Le basson,
avec sa voix grave, semblait une sorte de
Monsieur Prudhomme, qui a été insulté dans
un endroit public par un être d'un caractère léger et pointu, représenté par la petite flûte.

L'exécution de la dispute marcha avec

quelque ensemble ; mais quand les propos
s'envenimèrent, quand la colère fut re-
présentée par des roulades aiguës sans fin,
la petite flûte se troubla et laissa seul le
basson continuer ses arpéges mélanco-
liques.

— Pardon, monsieur Pector, s'écria
M. Janotet, arrêtez-vous, vous ne m'attendez pas...

M. Pector continuait sa partie grave-
ment, s'inquiétant peu si des batteries et
des arpéges sans fin pouvaient avoir quelque intérêt pour la société. M. Janotet,
sauta si brusquement sur l'instrument, que
M. Pector fit une grimace terrible.

— Eh ! monsieur Janotet, dit-il d'un ton

courroucé, vous avez failli me faire avaler
l'anche ; on ne se précipite pas avec autant
de vivacité sur un instrument que vous
savez fragile.

— Monsieur Pector, j'avoue que j'ai été
un peu vif ; mais je vous prierai de recom-
mencer l'*allegro*.

— C'est impossible, monsieur Janotet ;
mon anche est brisée, et je n'en ai pas de
rechange dans ma boîte...

Comme la discussion se prolongeait, et
que la passion qui avait inspiré le compo-
siteur du *Duel* semblait être passée dans le
sang des deux musiciens, le comte en profita pour causer un moment avec Louise.

— J'espère, madame, vous rencontrer, cet hiver dans les bals.

— Comment, monsieur, vous voulez quitter vos habitudes de sauvagerie et vous frotter au milieu de tous ces provinciaux, dont vous pensez tant de mal?

— Si vous y êtes, madame, il n'y a plus de province; que m'importe ce qui se dira autour de moi, je n'entendrai que votre voix, le bal est rempli de bourgeois et de bourgeoises; ils disparaissent, et je ne vois que vous, que vous seule.

— Je m'en vais prier M. Creton d'être un peu jaloux, dit Louise. Savez-vous que, s'il vous entendait, il pourrait perdre un peu de sa superbe tranquillité?.... Monsieur, si vous étiez complaisant, vous me rendriez un grand service.

— Lequel? demanda le comte; je suis
tout à vos ordres, madame.

Mademoiselle d'Autremencourt regarde
de côté et d'autre, elle cherche un quatrième pour faire une partie de whist.

— Et vous m'enverriez gaîment, madame, sous le feu d'un aussi terrible ennemi.

— Vous aurez une amie dévouée dans
mademoiselle d'Autremencourt ; sachez
qu'elle est très mauvaise langue.

— Heureusement pour moi, madame,
je ne connais pas le whist.

— Alors, monsieur, vous me permettrez de vous quitter ; une maîtresse de maison doit se dévouer.

— Est-ce que je ne pourrai pas le jouer en face de vous, madame ? dit le comte.

— Ah ! dit Louise en souriant, vous savez le whist, maintenant ?

— Oh ! très peu, madame ; je ne joue jamais. Réellement, ou je me ferai moquer de moi, ou je mettrai mon partenaire en colère, et j'arriverai à un résultat tout contraire à celui que vous prétendiez, madame, en faisant la partie de mademoiselle d'Autremencourt.

— Vous êtes sauvé, monsieur, dit Louise,
M. Pector fait un quatrième !

— Nous sommes sauvés, dit le comte.

— Je n'accepte pas cette association, dit
Louise.

L'avoué rôdait dans son salon et vint
vers le comte.

— Ne vous êtes-vous pas ennuyé, monsieur le comte ?

— Oh ! monsieur du Coche !

— Quelquefois, on ne connaît pas tout
le monde, on est mal à son aise. Je crains
que ma femme ne puisse soutenir la conversation. As-tu offert du vespetro à M. le
comte ?

— Je vous remercie bien, dit le jeune
homme.

— Oh! c'est un vespetro merveilleux, il
a un arome particulier. Ma femme, sonne
Marie.

La bonne entra.

— Marie, apportez-nous le vespetro,
vous savez qu'il est en haut de l'armoire.

— Vraiment, monsieur du Coche, vous
me comblez; mais je ne bois jamais de
liqueurs.

— Il est d'une douceur!... Janotet! un
petit verre de vespetro.

— Je veux bien, dit la petite flûte.

— Toto boira bien aussi un peu de vespetro ; vous allez le sentir, monsieur le
comte, le parfum vous décidera ; je l'ai
acheté à la vente d'un vieux curé ; il s'y
connaissait, le brave homme... Personne,
dans Molinchart, ne vous ferait boire de
pareille liqueur, excepté M. le sous-préfet,
à qui j'ai fait hommage de trois bouteilles.

— Monsieur du Coche, dit le comte, je
vous demanderai la permission de me retirer ; demain, avant mon départ, je vien-
drai prendre congé de madame et de vous,
et j'espère que nos bonnes relations n'en
resteront pas là.

— Certainement, monsieur le comte,
dit l'avoué.

Le jeune homme donna la main au mari et à la femme, et sortit, laissant Louise sous le coup d'idées nouvelles.

Elle resta jusqu'à la fin de la soirée au coin du feu, regardant fixement la plaque de la cheminée, la flamme, la sueur qui sortait à bouillons des bûches, les mille étincelles qui couraient et sautillaient dans la cheminée. Quand on pense, le feu est un monde; les moindres incidents poussent à la rêverie.

— A quoi penses-tu? dit l'avoué en surprenant sa femme dans cet état.

Louise tressaillit comme si elle revenait à la vie.

—Tout le monde s'en va, dit M. Creton du Coche, et on demande après toi pour le souhaiter le bonsoir.

V

La vieille fille.

Mademoiselle Ursule Creton demeure à
l'angle de la rue Basse, dans une maison
à deux étages, qui donne sur la petite
place.

Il n'est pas d'enfant dans Molinchart

qui ne se soit arrêté, en sortant de l'école,
devant la fenêtre du rez-de-chaussée, toujours ouverte.

C'est le plus singulier musée qui se
puisse voir et que seule l'imagination
d'une dévote peut concevoir.

Là, sont entassés, les uns sur les autres,
des cadres remplis d'ossements de saints,
cachés dans des profondeurs de petits pa-
piers dorés et roulés; un fragment de
sainte Perpétue repose à côté d'un petit
morceau du métacarpe de saint Victorien;
sainte Véronique a laissé une parcelle de
tibia à côté d'une miette de métatarse de
saint Fructueux.

Dans de grands cadres de bois noir, se
voient certains arbres symboliques sur les
feuilles desquels le graveur a inscrit les
noms des péchés mortels assez restreints,
et les titres plus nombreux des péchés vé-
niels.

Deux enfants Jésus en cire, ornés de
perruques en coton, sont de chaque côté
de la cheminée sous de petits globes de
verre carrés.

On distingue peu d'objets profanes au
milieu de ce singulier musée; cependant
il faut citer le tableau des assignats sous
la Révolution, qui représente les nombreux assignats de divers prix, posés les

uns sur les autres, au centre desquels se
voit le fameux gueux de Callot, qui, ap-
puyé sur son bâton, s'arrachant les cheveux de désespoir, semble prendre le parti
de fuir ce maudit pays des assignats ; mais
la pièce la plus importante, sans contre-
dit, du musée de la vieille fille, est la fameuse Passion en bouteille, qui veut une
explication satisfaisante.

Notre-Dame-de-Liesse est un bourg im-
portant près de Molinchart, qui attire une
foule considérable de visiteurs, de curieux
et de pèlerins, par la nature de son commerce et la croyance aux miracles d'une
vierge noire, dont la vie a dérouillé plus
d'une plume pieuse.

Toute la semaine, les chemins des alen-
tours sont remplis de paysans à pied qui
viennent de dix et vingt lieues à la ronde,
afin d'intercéder auprès de Notre-Dame-
de-Liesse pour que cesse le règne des fou-
lures, des bras cassés et des entorses.

La vue de la sacristie de l'église a un aspect consolant : on n'y voit pour ornement
que des béquilles de toutes grandeurs sus-
pendues aux murs ; le sacristain explique
que ce sont les béquilles des boiteux, des
paralytiques qui, après quelques prières,
s'en sont retournés avec des jambes de
quinze ans.

Une armoire vitrée fait face aux bé-

quilles : c'est le trésor de l'église, c'est-à-
dire les nombreux dons laissés en partant
par les croyants. Montres d'argent, bagues
d'or, forment le plus considérable du trésor, qui a quelque analogie avec la devanture d'un petit orfèvre.

Le commerce de Liesse, en se pliant au
goût des pèlerins, devint une source de
fortune pour les habitants.

Tout y est pieux : là se fabriquent mille
objets à bon marché, qui prennent leur
plus grande valeur d'être touchés par la
Vierge noire.

Un pauvre paysan ne manque jamais de

s'en retourner avec un gros bouquet de
fleurs artificielles à son chapeau; ce sont
des fleurs rouges et des feuilles vertes, en-
tremêlées de clinquant qui flattent les
goûts des campagnards pour les choses
voyantes.

Arrivé dans sa cabane, le paysan ac-
croche au-dessus de sa cheminée le bouquet de Notre-Dame-de-Liesse, et on trouve
rarement, en Picardie, une cheminée dé-
pourvue de cet ornement.

En outre, le paysan emporte, soigneusement enveloppées dans sa poche, une
quantité de bagues de plomb, qui lui ont
coûté un sou la douzaine, et qu'il rapporte

en souvenir à ses amis et connaissances.

Les pèlerins riches apportent encore la bouteille de la Passion, qui à elle seule constitue un drame plein de curiosité, destiné à occuper les soirées d'hiver.

Les clous, l'éponge, la croix, l'échelle, le vase à vinaigre, Jésus-Christ, le marteau, les tenailles, la scie, la Vierge noire, de petites médailles de cuivre, plongent dans l'eau enfermée dans une bouteille.

La moindre agitation fait remuer tous ces objets, qui constituent, pour le paysan, un mystère religieux, aussi puissant aujourd'hui que les mystères du moyen-âge pour le peuple.

Ces divers objets, exécutés en verre co-
lorié, sont suspendus dans la bouteille par
de petits globules de verre creux. La bouteille n'a pas d'ouverture et a été fermée
par l'industrie du verrier.

Cette petite danse religieuse, enfermée
dans l'eau tranquille d'une bouteille transparente, continue à entretenir dans l'esprit des paysans naïfs l'idée de miracles.

On ne sait pas au juste de quelle époque
date l'invention de cette Passion, qui doit
remonter à des temps assez reculés, quand
on examine la façon simple et grossière
dont sont soufflés les personnages et les
objets coloriés.

L'ouvrier ne s'inquiète pas précisément
de la beauté des types; il crée un Jésus-
Christ avec la vitesse qu'il met à des objets
matériels, et il en résulte une représenta-
tion souvent plaisante, qui n'a plus de re-
connaissable que la croix de la Passion.

La Notre-Dame-de-Liesse, à la figure
noire, est également massacrée; le marteau qui servit à enfoncer les clous au
Calvaire est quelquefois aussi grand que
Jésus-Christ; les clous sont aussi gros que
le marteau. La coloration est employée
avec une brutalité de sauvage; mais le
paysan retrouve dans ces objets une image
de la Passion; il n'en détaille pas les dé-
fauts, il n'en saisit que l'ensemble; il s'é-

tonne toute sa vie de la bouteille fermée
comme par miracle, et il commence l'édu-
cation religieuse de ses enfants en leur
montrant sur sa cheminée l'objet qui a été
touché par Notre-Dame-de-Liesse.

Mademoiselle Ursule Creton tenait à la
fameuse bouteille de Liesse plus qu'à la
vie; peut-être eût-elle sacrifié tout son musée à la Passion en bouteille; les petites
villes sont devenues sceptiques et ne
croient plus à ces objets dont la forme est
trop grossière; mais Ursule Creton avait
conservé, à cinquante-six ans, le goût des
choses pieuses de sa jeunesse.

Tous les matins elle époussetait son mu-

sée avec un soin particulier et levait même
les globes qui recouvraient les enfants-jésus
de cire, afin de s'assurer que la poussière
ne s'était pas introduite dans les boucles de
coton blanc qui faisaient si bien ressortir
la cire rose de leur figure.

La vie de la vieille fille était ainsi rem-
plie ; elle allait entendre la messe basse,
se confessait deux fois la semaine et attendait les visites l'après-midi.

Après la messe, elle ne manquait pas de
passer à la sacristie, sous le prétexte de
voir si la bannière de la Vierge n'avait pas
besoin d'entretien ; mais c'était matière à
causer avec le suisse, le bedeau, et se

fournir d'une provision de nouvelles pour les soirées qu'elle passait chez les dévotes.

Le curé montrait une patience angélique à écouter la vieille fille qui, en qualité de porteuse de la bannière, recueillait les moindres actions des jeunes enfants faisant partie de cette congrégation. Elle fatiguait également les sœurs de la Providence qui tenaient une école gratuite de jeunes filles, et ne voulait pas perdre l'autorité qu'elle avait conquise sur elles pendant les processions.

C'étaient de nouveaux cantiques qu'elle apportait chez les sœurs et qu'elle entonnait avec un accent de tabatière neuve.

On l'eût mise dans une violente colère
si on eût douté de sa façon de chanter;
seuls, les polissons de la rue qui la sur-
prenaient chantonnant pendant qu'elle
époussetait son musée, lui répondaient par
des accents nasillards, et prenaient la
fuite en la voyant arriver armée d'un pot
d'eau.

Mademoiselle Ursule Creton, longue et
maigre, portait habituellement à la ville
un chapeau vert-clair doublé de jaune;
sous cette coiffure de perroquet elle re-
dressait la tête, et peut-être quelques idées
de coquetterie, qui n'étaient jamais sorties,
sommeillaient-elles encore.

Ainsi que beaucoup de femmes laides et

vieilles, elle ne pardonnait jamais à Louise sa beauté. A partir du mariage elle évita même de rendre visite à son frère.

Elle prit l'habitude de parler à sa belle-sœur à la troisième personne, afin de ne pas l'appeler ma sœur. Les relations entre la vieille fille et Louise laissaient dans l'opinion de celle-ci un tel sentiment de crainte, qu'elle restait quelquefois cinq minutes devant la porte avant de sonner, espérant, ainsi que tous les esprits timides, retarder le plus possible une entrevue désagréable.

— Madame Creton a donné hier un très beau dîner, dit-on dans la ville. Je suis

étonnée vraiment de n'y pas avoir été in-
vitée, dit la vieille fille à sa belle-sœur, à
la première visite qu'elle lui rendit.

Louise rougit extrêmement, car son
mari avait fait lui-même les invitations, et
négligea d'en instruire sa sœur, sachant
bien qu'elle ne viendrait pas : elle exposa
le fait dans toute sa vérité.

— N'importe, madame Creton devrait
connaître la politesse avant tout. J'excuse
à peine mon frère, quoique je sache que,
dans ces occasions, la maîtresse de la maison fait tout; mais madame Creton aurait
pu m'en faire part... Peut-être voudrait-
on me séparer de mon frère!

— Oh! madame! s'écria Louise.

— Depuis le mariage de madame Creton, mon frère a changé visiblement de
manière avec moi : plus d'empressement,
de ces petits soins auxquels j'étais habituée et que mon âge fait bien comprendre ;
madame Creton a de l'empire sur son
mari ; toute la ville le sait. Qui aurait invité à dîner ce M. le comte de Vorges qui,
sans doute, fait meilleure mine à table
qu'une pauvre dévote !

— Mademoiselle Ursule, dit Louise,
M. Creton a tellement insisté pour ad-
mettre M. de Vorges à sa table, que je n'ai

pu poliment lui tenir tête plus longtemps.
Vous pouvez le lui demander.

— Les maris seront toujours les mêmes.
Madame Creton est assez fine pour faire
croire à mon frère qu'il veut depuis un
siècle des choses qui ne lui entraient pas
dans la pensée une minute auparavant.

— Alors la vieille fille s'emporta contre
le luxe moderne, contre la manie de dépenser de l'argent, contre les gens qui tenaient table ouverte; cita un sermon sur
la pauvreté, et finit par montrer M. Creton
du Coche sur un fumier, comme le La-
zare.

Cette lutte avait quelque chose de poi-

gnant pour Louise qui, une fois assise sur
une chaise basse de paille, recouverte d'un
mauvais coussin dont la taie était évidem-
ment sortie d'un jupon de la vieille fille,
semblait une accusée sur la sellette écou-
tant un réquisitoire de procureur général.

En présence de la vieille fille, Louise se
sentait accablée par une multitude d'émotions. Les meubles secs et froids étaient
contre elle ; une certaine odeur de ren-
fermé, qu'on subissait en entrant, lui portait à la tête ; les pieuses antiquités faisaient
mal à regarder.

De temps en temps, on entendait sortir
de sous la chaise de la vieille fille une toux

rauque et asthmatique qui provenait du
gosier d'un vieux chien gras qui avait à
peine la force de se lever de la boîte où il
se tenait.

Les carreaux d'une grande croisée qui
donne sur la rue avaient dû être fabriqués
peu après les carreaux en culs de bouteille qui se voient encore dans d'anciennes
maisons de province. Quoique propres,
ils ne laissaient passer qu'un jour vert et
triste, froid et glacial, même en été.

Un seul portrait attirait les yeux, le pas-
tel de la mère de M. Creton ; mais la mère
était la ressemblance exacte de la vieille
fille, avec un menton pointu et de grandes

lunettes d'acier qui protégeaient des yeux
propres à fouiller au fond des consciences.

Le portrait de sa mère servait aussi de
thème de conversation à mademoiselle
Ursule, qui se prévalait surtout d'une
grande aiguille menaçante qui sortait des
cheveux gris de la mère; une pelote de
coton, qu'elle tenait à la main, montrait
qu'elle avait suspendu momentanément
son ouvrage pour regarder le peintre qui
faisait son portrait.

— Ce n'est pas madame Creton, disait
la vieille fille, qui ferait au tricot les fameux bas de laine que je garde encore par
respect pour ma pauvre mère, qui s'est usé
les yeux après.

A entendre Ursule Creton, le tricot était le soutien des ménages, un échelon de fortune, une garantie de tranquillité pour les maris.

— Si ta femme avait voulu, disait-elle à son frère, je lui aurais appris le tricot; mais elle aime mieux rester oisive de ses dix doigts et regarder par la fenêtre.

L'avoué répondait que Louise faisait de la tapisserie.

. — Où la voit-on, disait la vieille fille, cette fameuse tapisserie? Si encore, à la procession de la Fête-Dieu, je voyais ta maison tendue d'une tapisserie faite par

elle : mais jamais elle ne fera rien pour
l'église... C'est bientôt dit, un meuble de
salon ; en seras-tu plus avancé d'avoir un
meuble de salon en tapisserie? A la bonne
heure, une belle statue de sainte avec des
anges, comme on en faisait ancienne-
ment... Ah ! le monde devient bien égoïste !
s'écriait-elle en pensant que Louise ne
s'occupait pas du culte.

Une autre fois, elle ne l'avait pas rencontrée le dimanche à la grand'messe, et
elle exécutait ses aigres variations sur l'ir-
réligion moderne.

Si l'avoué eût eu un levain de jalousie,
il serait sorti de chez sa sœur avec la per-

suasion que sa femme le trompait par mille
raisons que la vieille fille lui donnait.

Toute sa vie, M. Creton avait subi l'as-
cendant de sa sœur, qui, plus âgée que lui,
conservait les traditions sévères qu'elle
tenait de sa mère.

L'avoué avait un de ces caractères faibles qui trouvent un certain bien-être à se
courber sous l'autorité ; s'étant longtemps
dispensé de penser et d'agir par soi-même,
la volonté s'envola à tire-d'ailes d'un esprit timide pour n'y rentrer jamais.

La vieille fille avait senti juste le moment du départ de la volonté de son frère

et s'en était emparée. Il était arrivé que
M. Creton n'eut rien à désirer, à souhaiter dans la vie, tant qu'il vécut avec sa
sœur. Il trouva un ménage pour ainsi dire
sans connaître les souffrances matrimoniales.

Dans la ville, on citait à tout propos
l'union des deux célibataires comme un
modèle de bonheur, quoiqu'il y eût au
fond de la pensée de chacun l'idée pénible
et chagrine qu'entraîne toujours après soi
un vieux garçon ou une vieille fille.

Mademoiselle Creton oubliait seulement
devant son frère les admonestations catholiques qui lui emplissaient le cerveau.

Ayant été à même d'étudier l'avoué depuis son enfance, elle le reconnaissait incapable de scepticisme. La grossière intelligence de M. Creton ne pouvait se plier à comprendre ces esprits douteux qui ont de tous les temps soulevé le *pourquoi* et le *peut-être* dans les grandes questions catholiques.

La vieille fille s'occupait de la maison, réglait les dépenses, tenait les clés de toutes les armoires, et l'avoué n'aurait pu mettre son habit neuf sans sa permission; une femme de ménage qui venait le matin et le soir était chargée de laver la vaisselle : c'était tout le domestique de la maison.

Mademoiselle Creton avait ainsi épongé

ses envies de mariage en regardant son
frère comme un époux; sans doute de
vingt-cinq à trente-cinq ans elle eut des
beaux rêves et des réveils amers, en ne
trouvant pas à ses côtés l'idéal de ses songes, qui n'était autre qu'un Creton un peu
plus jeune, un peu mieux dégrossi, tenant
un langage amoureux et se laissant me-
ner; car le principe d'autorité était pour
ainsi dire scellé dans l'esprit de la vieille
fille, et rien n'aurait pu l'en détacher.

Le frère, qui menait alors la vie des
jeunes gens de l'étude où il fut premier
clerc pendant trente ans, ne soupçonna
pas les rêves insensés qui agitaient le
corps d'Ursule Creton pendant la nuit.

Ayant toujours trouvé sa sœur plutôt
hargneuse que revêche, il l'entendit mé-
dire du mariage en général et des mariages
en particulier qui se formaient de temps
en temps dans Molinchart.

Il n'est pas difficile, en suivant l'ordre
de conversation d'une personne, en étu-
diant ses comparaisons surtout, de connaître ce qui lui trotte dans l'esprit.

Un hypocrite n'a dans la bouche que la
grande morale, et il se sert, pour rendre
son idée, d'images prises dans des sujets
de débauches; cet homme est un débau-
ché, il n'y a pas besoin de le suivre, ses
paroles vous disent ses actions cachées.

Mademoiselle Creton ne manquait jamais, au déjeûner, de régaler son frère
d'histoires matrimoniales ; elle savait le
jour où le jeune homme avait été présenté
chez les parents ; elle n'oubliait pas les
réponses de la jeune fille ; elle connaissait
la première le futur qui demeurait hors la
ville, sa fortune, son état, son âge ; elle
ne manquait pas un mariage à l'église et
avait une place réservée dans les bas-cô-
tés, d'où elle pouvait étudier les rougeurs
de la mariée, ses vagues tristesses, les sou-
rires du jeune homme, l'émotion des époux
quand ils se tenaient la main.

Un observateur qui aurait entendu cette
conversation , se serait dit : « Voilà une
vieille fille qui crève d'envie de se marier ;

mais M. Creton retrouvait chez sa sœur
divers motifs de conversation qui alimen-
tent les petites villes, et il ne vit dans la
figure de sa sœur qui se tirait, dans son
teint le plus couperosé, dans sa parole vi-
naigrée, qu'une légère modification ap-
portée par l'âge. S'il y avait eu une nature un peu plus sympathique, peut-être
mademoiselle Creton lui eût-elle montré
l'élan de son cœur et lui eût-elle lancé
ce cri : « Trouve-moi un mari, n'importe
lequel; » mais la vieille fille savait que
dessous sa flanelle, l'avoué portait, en outre, un gilet et un caleçon en égoïsme.

Il y a chez les gens égoïstes des signes
certains qui font qu'ils n'ont pas besoin
d'attouchements franc-maçonniques pour

se reconnaître : c'est une froideur dans
l'œil qui terrifie ceux qui croient encore
à quelque chose dans la vie.

On peut dire des yeux d'un égoïste
qu'ils sont morts, aussi effrayants que les
yeux de verre étalés à la porte d'un ocu-
liste, aussi terribles que l'œil toujours fixe
et brillant d'un animal empaillé du Musée
d'histoire naturelle.

C'est ce qui explique l'intérêt qu'on
trouve dans certaines figures dévorées par
la passion, où toute la vie s'est réfugiée
dans les yeux ; c'est ce qui fait qu'une
femme de cinquante ans peut encore être
belle à voir, et c'est ce qui fait qu'un aveu-

gle aux paupières fermées a plus de *regard*
qu'un bourgeois égoïste.

La vieille fille se sentait plus égoïste
que son frère, et ne l'en craignait pas
moins; aussi elle rentra en dedans ses désirs de mariage, les fit taire, et finit par
croire elle-même à ses médisances anti-
matrimoniales, comme un avocat peut
croire à l'audience à la vertu d'une femme
adultère qu'il défend.

L'avarice prit le dessus dans le panier
qui contenait les passions de mademoiselle Creton.

Elle vécut en faisant perpétuellement
des additions de tête.

Comme elle dépensait à peine huit
cents francs par an pour elle, ses rentes
se grossissaient d'année en année ; elle en
arriva à peser la part de son frère et à la
joindre à la sienne, ce qui formait un avoir
de près de deux cent mille francs.

Peu à peu l'idée suivante, qui s'était
montrée d'abord comme une flammèche
et qui gagna son esprit comme un incen-
die, se traduisit de la sorte : Si mon frère
mourait le premier ! Ces sortes d'idées,
qui semblent monstrueuses et anti-natu-
relles, sont cependant très communes.

Au premier abord chacun les repousse
avec indignation, les croyant envoyées

par le démon   mais le démon revient tellement souvent et en employant de si as-
tucieux raisonnements, qu'on oublie ses
cornes.

Quand mademoiselle Creton faisait son
tricot et semblait appliquer toute son intelligence à une maille, personne ne l'eût
soupçonnée d'écouter une voix intérieure
qui lui criait : Si ton frère mourait le premier.

Quand, mêlant un peu de miel à sa voix
de vinaigre, tout en époussetant l'appartement, et qu'elle disait à l'enfant de cire :
« Mon petit Jésus, » il ne serait venu à
l'idée du pire misanthrope qu'elle conti-

nuait ainsi la phrase : « Si mon frère mourait le premier ! »

Les cloches lui semblaient sonner perpétuellement l'enterrement de son frère.

C'était une obsession, une manie, une
idée fixe ; la vieille fille se surprenait quelquefois à regarder les grosses oreilles
rouges de M. Creton, qui malheureusement pronostiquaient une heureuse constitution. Sous le : « Bonjour, Creton, comment vas-tu ? » qu'elle lui adressait chaque
matin, étaient cachés des désirs d'apprendre
qu'il avait passé une mauvaise nuit, qu'il
avait attrapé un courant d'air, froid aux
pieds, mal à la gorge, ou mille petites in-

dispositions; mais l'avoué était fort et robuste, sans maladies, sans passions, par conséquent sans goutte ni rhumatisme.

Il apportait la plus grande indifférence aux maladies de ses amis, n'ayant jamais passé par le moindre état de souffrance.

Mademoiselle Creton, à force de réfléchir, pensa à une donation au dernier vivant.

Rien n'était plus simple et rien n'était plus difficile. L'avoué ne parlait jamais succession, il n'aimait pas son art, bien loin de ces gens qui ne trouvent de conversation que dans les choses de leur profession.

Comment faire pour aborder la question ? Le hasard pouvait seul amener ce sujet.

Le hasard fit que M. Creton épousa une jeune fille sans fortune, belle à rendre jalouses toutes les femmes de Molinchart. En un clin d'œil, les projets de mademoiselle Ursule tombèrent à l'eau, et la nouvelle épousée ne put se douter de la haine que peut recéler le cœur d'une dévote.

VI

Conversation entre amis.

Le comte de Vorges retournait au château de sa mère avec son cousin, Jonquières, tous deux à cheval. Il faisait une belle
journée de commencement d'automne.

— Iras-tu aux bals de Molinchart, cet
hiver ? dit Julien à son ami.

— Au bal! je préfère rester aux Etouvelles; peut-être d'ailleurs passerai-je trois
mois à Paris.

— Tant pis; j'aurais préféré te savoir
auprès de moi.

— Si tu y tiens absolument, dit Jonquières, je resterai; mais les journées
d'hiver sont bien longues à la campagne,
et les soirées encore plus longues que les
journées : que ferons-nous?

— Nous irons à Molinchart de temps en
temps.

— Oh! oh! s'écria Jonquières, qu'est-
ce que cela veut dire?

— Mon ami, j'aime.

— Avais-tu besoin de me le dire ? Un solitaire qui renonce tout d'un coup au désert, ne peut être que très amoureux.

— Ne te moque pas, je te prie, Charles, car j'ai besoin d'être encouragé. J'aime follement une femme que j'ai vue pour la première fois, que j'ai revue ce matin et qui ne s'en doute pas.

— L'aimes-tu bien réellement ?

— De toutes mes forces ; aussitôt que je l'ai vue, j'ai oublié cette créature qui m'a tant fait souffrir.

— Alors, sois bien certain que ta nouvelle passion le sait. Tu lui as parlé?

— Oui, de choses assez indifférentes.

— N'importe! Elle sait que tu l'aimes ; il y a des signes certains, le son de la voix, le regard, jamais une femme ne se trompe là-dessus.

— Elle est mariée! s'écria tristement le comte de Vorges.

— Eh bien! Julien, si tu es un homme, nous partirons demain pour Paris.

— Pour Paris? dit le comte.

— Oui; même plus loin, si tu veux.
Nous irons faire un voyage, n'importe où.
J'essaierai de t'amuser, de te distraire;
mais ne pense plus à la femme mariée. Tu
as bien souffert, n'est-ce pas, pour cette
fille de théâtre? Cependant tes chagrins
passés ne sont rien en présence de ceux
que tu te prépares. Ah! les femmes mariées,
mon ami, les femmes mariées qui vous
aiment vous ouvrent les portes de l'enfer.
J'ai passé par là, tu le sais bien; si je n'y
ai pas laissé ma vie, c'est par une faveur
toute spéciale de la Providence. Tu me
connais assez pour un homme qui ne craint
pas le danger; cependant quand j'ai rencontré à ma porte un mari qui m'attendait
avec un pistolet, j'ai faibli, je me suis dit :
cet homme est dans son droit; je lui ai

pris son bien , il a le droit de se venger.
Heureusement le mari était plus ému que
moi ; il a tiré, et il ne m'a fait qu'une légère balafre à la joue. Cela n'est rien ; il
m'aurait tué sur le coup qu'il n'y aurait
pas de mal ; mais, mon ami, c'est la femme,
une femme que j'adorais , qui a été surprise sortant de chez moi, qui n'a pu nier.
Qu'est-elle devenue ? Je sais que son mari
l'a ramenée chez lui, et que depuis elle ne
sort plus. Personne ne la voit, pas même
sa domestique. Pense quels terribles drames
le mari a joués depuis deux ans entre
quatre murs. N'est-ce pas affreux? Une
coupable perpétuellement devant son
juge! Une femme faible sans cesse en présence d'un homme qu'elle a trompé ! Et le
pis, le mari n'était pas un méchant homme!

— Tu prends tellement le parti du mari
que je crois vraiment que tu songes à faire
une fin et à épouser une riche héritière.

— Si tu avais été à ma place, Julien,
tu verrais par quelles tourmentes j'ai passé. On s'illusionne à tel point, qu'on ne
comprend plus ni les lois du monde ni les
lois de la société. Tout ce que je faisais
était pour moi la chose la plus naturelle ;
j'aimais, j'étais aimé, et je n'admettais pas
qu'un mari pût venir me demander compte
de son honneur ; j'arrivais à oublier que
la femme que j'aimais était mariée ; elle
aussi pensait comme moi tant qu'elle était
avec moi ; jamais nous n'avons soupçonné
que nos relations pussent cesser, tant il
nous semblait juste de nous voir le plus

souvent possible et de nous aimer. Il est étonnant combien on ne pense plus qu'entre deux personnes et combien le reste de la société vous devient indifférent; d'ailleurs, cet état de choses est si commun dans le monde qu'on ne fait qu'augmenter d'un le nombre des généralités ; les exceptions ne sont pas les maris trompés, mais les maris regardants, jaloux. On en rit partout, dans les livres, au théâtre ; on les regarde comme ridicules, impossibles, et puis un jour le mari apparaît, déchire les voiles de votre beau rêve, et vous vous trouvez d'autant plus désenchanté, que votre illusion a été douce et longue.

— Je ne crains pas les suites, dit le comte, et je saurais qu'en revenant d'un rendez-vous je trouverais, comme toi, un mari avec un pistolet, que je n'hésiterais pas : j'irais.

— Je n'en doute pas, reprit Jonquières ; qu'est-ce qui peut arriver de pis après tout d'un coup de pistolet ? la mort. C'est une mort douce quand elle est prompte. On en est quitte pour enrichir le journal d'une nouvelle diverse de dix lignes : « Hier, M. le comte de V... a été surpris en fla-grant délit d'adultère par M......, qui lui a tiré un coup de pistolet et l'a étendu raide mort. La justice informe. » Mais, mon cher Julien, tu parles un peu en égoïste : si tu ne t'inquiètes pas de ta vie, d'autres y tiennent plus que toi. Ta mère vit de ton existence ; elle serait frappée du même

coup que toi ; qui sait si la nature ne lui
a pas donné assez de forces pour résister à
ce coup, et pour traîner longtemps dans
les larmes une existence malheureuse? Et
ta sœur, qui n'a plus que toi pour guide,
à qui on ne pourrait cacher toute la vérité,
tu n'y as donc pas pensé ?

Le comte de Vorges resta quelque temps
sans répondre, trouvant sans doute trop
justes les conseils de son ami.

—Tu aimes, dit Jonquières, mais on ne
t'aime pas encore ; laisse la femme que tu
as remarquée tranquille dans sa petite
ville avec son mari imbécille... Les femmes
se laissent envelopper par cette vie bourgeoise qui éteint toute espèce de passion...

c'est un sacrifice que tu feras... Crois-
moi, renonce à cette passion, cela t'est
facile ; tu arraches avec la main un chêne
d'un an ; cinquante ans après il faut des
bûcherons et des haches pour l'entamer.

Julien ne répondait pas et semblait
préoccupé.

— Tu es encore un croyant en amour,
mon pauvre Julien, et c'est ce qui me fait
peur. Si tu aimais les femmes, j'en rirais
avec toi, et je te laisserais trahir, tromper,
jeter de côté les malheureuses que tu ren-
contrerais ; mais, avec ton caractère, tu
aimes une femme, tu en fais la vie , ton
présent, ton avenir ; tu es même capable
de l'ennuyer, tant tu l'aimeras et le lui

diras : c'est ainsi qu'on se prépare des dé-
ceptions mortelles, des abattemens qui
durent des années, qui vous vieillissent et
vous rendent insupportable à vos meilleurs amis.

— Ah ! si tu avais vu Louise !

— Je l'ai vue, dit Jonquières.

— Où ? s'écria le comte de Vorges.

— Elle est comme toutes les femmes
adorées dont on se laisse dire : « Ah ! si
vous la connaissiez. » Je n'ai pas besoin
de la voir; je sais qu'elle est aimée et je
me rends compte du portrait que tu en as

dans la tête. Où cela te mènera-t-il, mon pauvre cousin ?

— Je n'en sais rien.

— Si encore tu avais affaire à une femme parisienne, je n'y verrais pas grand mal. Beaucoup de maris sont las de leurs femmes; ils ont eux-mêmes un caprice d'un autre côté. Tu te fais l'ami de la maison, personne ne s'en inquiète; vous pouvez vivre heureux l'un et l'autre jusqu'à ce que l'un des deux se fatigue; mais en province, à Molinchart, comment est-ce possible? Tout le monde se connaît; il suffira qu'on te voie plus souvent pour que chacun pèse les motifs qui t'y amènent. Vous occuperez plus de la moitié de l'an-

née les langues du pays ; la femme sera
encore la victime, car toi, tu ne restes pas
dans la ville. L'homme n'est jamais coupable, d'ailleurs.

— Je te dis que je l'aime ; tu t'emportes,
tu vois je ne sais quelle conclusion... Je
respecte Louise, et je ne lui demanderai
jamais qu'une faveur immense ; mais c'est
un beau rêve qui ne se réalisera pas... Si
tu la voyais, mon ami ! elle a de grands
yeux noirs encadrés dans des paupières
d'or... Mon rêve est de baiser ses paupières. Quand je devrais faire deux fois par
jour le chemin de Vorges à la ville pendant un an, je n'hésiterais pas si Louise
voulait m'accorder cette faveur.

— Je n'ai plus rien à dire, Julien ; tu

aimes cette femme, je resterai cet hiver avec toi.

— Mon bon Charles, dit le comte en lui pressant la main, jamais je ne pourrai reconnaître ton dévoûment.

— Si... à une condition, c'est que tu me feras la même morale que je t'ai faite le jour où tu me verras devenir amoureux.

— Et, dit le comte, tu ne m'écouteras pas davantage que je ne t'ai écouté.

— C'est bien possible.

La conversation tomba sur ce mot ; les deux jeunes gens sentaient leur jeunesse se réveiller à cette discussion d'amour, et les femmes passées défilaient dans leur cerveau au bruit du trot égal des deux chevaux. Un paysan déguenillé, qui fumait sa pipe, ôta son bonnet de coton en voyant arriver les jeunes gens.

— Bien le bonjour, monsieur le comte, dit-il.

— Ah! te voilà, Gambier; et ta femme, comment va-t-elle?

— Monsieur le comte est bien bon, la pauvre femme est dans son lit. Les marais la tuent.

— Pourquoi y restes-tu?

— Monsieur le comte, j'ai bâti ma cabane avec beaucoup de peine ; et puis les marais ont du bon, nos légumes sont meilleurs.

— As-tu de la monnaie, Charles ? demanda le comte à son cousin.

— Je n'ai que des louis.

— Tiens, voilà pour toi, dit Julien en lui jetant une pièce de vingt francs.

— Tout ça pour moi ? s'écria Gambier qui n'avait jamais vu de pièces d'or de sa vie

— Certainement.

— Ah ! monsieur le comte, je vous remercie bien pour moi et ma pauvre femme; elle ne manquera pas de prier pour vous.

— Si j'avais ma fortune en or, dit le comte à son cousin, je crois que je serais heureux de la semer ainsi... On est meilleur quand on aime... Je donnais vingt sous à ce paysan chaque fois que je passais; aujourd'hui, il me semble que ce n'est pas assez que de lui donner vingt francs.

— Voilà une idée, dit Jonquières : les personnes qui s'occupent de soulager les pauvres à domicile, et qui y apportent souvent de la mesquinerie, devraient être

choisies parmi les gens reconnus amoureux.

— Comment les reconnaîtrait-on ?

— Oh ! cela est facile , mais je choisi-
rais les amoureux qui ne sont pas encore
heureux.

Les deux cousins arrivèrent en causant
à la maison de campagne de madame de
Vorges, qui remarqua la joie de son fils.

— Vous vous êtes bien amusés à la ville,
messieurs ? dit la comtesse, qui aimait entendre la jeunesse raconter ses folies.

— Ne dis rien à ma mère, dit Julien à
son cousin.

Alors le jeune homme parla dans le plus
grand détail des aventures qui lui étaient
arrivées en poursuivant un chevreuil, et
de la panique qu'il avait occasionnée dans
la ville.

—Mais, dit la comtesse, vous avez causé
bien des dégâts dans la maison de ce
M. Creton que je connais un peu...

— Ah! vous le connaissez, ma mère!
s'écria Julien; tant mieux, car j'avais invité M. Creton à venir passer quelques
jours à la campagne pour tâcher de lui
faire oublier, ainsi qu'à sa femme, les ter-
reurs et le trouble que j'ai causés en forçant, pour ainsi dire, le chevreuil à se ré-
fugier chez eux; vous ne m'en voulez pas,

ma mère, d'avoir disposé de votre maison
de la sorte?

— Tu as bien fait, Julien.

— Madame Louise est une femme charmante, bien élevée, une sorte de Parisienne égarée dans Molinchart, je suis
certain qu'elle vous plaira beaucoup.

— Et quand les as-tu engagés à venir?

— J'ai voulu m'entendre d'abord avec
vous, ma mère, afin d'être sûr de ne pas
vous déplaire.

— Quand tu voudras, Julien.

Le comte ne se le fit pas dire deux fois,

et écrivit immédiatement à M. Creton une lettre par laquelle il le priait de venir dans la semaine même s'installer au château avec sa femme. Un petit pavillon leur était réservé, dans lequel ils auraient toute liberté. L'avoué pourrait facilement transporter ses instruments d'astronomie, et se livrer dans la vallée à ses importantes observations.

Le lendemain, Julien dit à son cousin :

— Je suis inquiet de ne pas avoir de réponse; j'aurais dû envoyer le jardinier porter la lettre plutôt que de la faire mettre à la poste.

— Mais, mon cher ami, il n'y a qu'un jour, dit Jonquières.

— Quand on aime, dit le comte.

— Si je n'avais pas peur de te mécon-
tenter...

— Eh bien?

— Je te dirais que je ne suis pas bien
sûr que tu aimes autant...

Le comte fit un signe d'impatience.

— Autant que tu le crois; tu as une
blessure qui t'a fait souffrir, qui se cica-
trise, mais qui te démange justement parce
qu'elle guérit. J'ai toujours remarqué le
même fait chez les gens qui avaient souffert violemment d'un premier amour; ils
espèrent hâter la guérison dans la tran-

quillité, et la tranquillité ne revient jamais aussi pleine et entière que dans l'é-
tat d'innocence. Alors mes gens se jettent
à la tête de la première femme qui leur
plaît un peu, persuadés qu'ils vont oublier
leurs souffrances en retrouvant des jouis-
sances nouvelles. C'est un habit de coutil
que je mets au printemps pour remplacer
mes fourrures d'hiver.

— Ah! mon cousin, tu ne saurais me
fâcher en raisonnant ainsi... J'aime Louise;
la Carolina est bien morte, morte à jamais... Il me restait quelques brimbo-
rions, quelques nœuds de rubans, trois
ou quatre chiffons sans orthographe que
je gardais précieusement et que je n'osais
revoir sans pleurer, je les ai brûlés cette

nuit avant de me coucher, car il ne faut
pas de souvenirs impurs quand je pense-
rai à Louise, cette femme si résignée et si
à plaindre.

— Est-elle réellement à plaindre? demanda Jonquières.

Le comte pâlit, prit la main de son cousin, et d'une voix brève et tremblante :

— Charles, lui dit-il, nous avons toujours été liés d'une amitié sans nuages;
après ma mère et ma sœur, tu es l'être que
j'aime le plus. Ne me dis jamais de ces
mots-là, si tu tiens à me revoir.

— Comme il te plaira, Julien. Je n'ai

pas songé à te blesser ; désormais je m'abs-
tiendrai de toute réflexion et je veillerai
sur toi.

— Laisse-moi seulement, mon cher ami,
te dire ce qui me passe par la tête ;
rien ne saurait me guérir en ce moment.
Écoute-moi tranquillement, aie l'air de
m'écouter si je t'ennuie. Quand je te parlerai d'elle, ne détourne pas la tête, ne
pince pas les lèvres ; n'aie l'air ni de douter ni de sourire, voilà ce que j'ai à te demander. Est-ce de trop ?

— Ce n'est pas assez, dit Jonquières, tu
le sais bien.

Là-dessus les deux cousins se donnèrent une poignée de mains énergique, et se mirent à parcourir les champs sans rien dire ; mais ils conversaient par l'esprit, et ils parlaient mystérieusement.

Au dîner, la comtesse de Vorges dit à son fils :

— Tu ne m'as pas donné de nouvelles de ta sœur ; comment l'as-tu trouvée ?

Julien rougit légèrement.

— Je ne l'ai pas vue, ma mère.

— Mais ce n'était pas son jour de congé, car tu étais à Molinchart mardi.

— Je n'ai pas eu le temps, ma mère.

— Ah! Julien, dit la comtesse en se-
couant la tête, tu passes deux jours à la
ville, tu aurais pu aller simplement savoir
à la pension comment va ta sœur : tu sais
que tu m'aurais rendue heureuse...

— Chère tante, dit Jonquières qui vint
au secours de son ami, vraiment Julien
n'est pas aussi blâmable qu'il le paraît...
Moi-même d'ailleurs je partage sa faute et
j'en demande la moitié, comme je demande
la moitié de votre pardon ; mais nous
sommes arrivés au pied de la montagne
de Molinchart par le plus grand des ha-
sards. En poursuivant le chevreuil au
moins pendant deux lieues, nous avons
occasionné une telle émeute dans la ville,
qu'il y avait de quoi en perdre la tête ; Ju-

lien a fait de son mieux en honorant de
sa présence la table de M. Creton du Coche, pour lui faire oublier l'embarras que
la chasse et la mort du chevreuil avaient
causé dans sa maison ; quant à moi, retiré
tranquillement à l'hôtel de la Tête-Noire,
je comptais repartir immédiatement lorsqu'on est venu m'annoncer la visite de
M. Jageot. C'est le malheureux épicier
que l'aubergiste m'envoyait, et qui réclamait une indemnité pour le dégât qu'a
causé le chevreuil dans sa boutique... Il
m'a laissé une petite note détaillée des
avaries apportées à son commerce ; elle
m'a paru assez amusante pour être con-
servée.

Le jeune homme tira de son portefeuille

une facture imprimée qui contenait l'esti-
mation des objets fracturés par le chevreuil, et qui était ainsi conçue :

1° Avoir jeté à la tête de l'animal un
cornet contenant la valeur d'une demi-
livre de sucre en poussière, qui ne l'a nul-
lement arrêté dans ses bonds. .   » 50

2° L'animal a piétiné et brisé
trois petites charrettes en bois
blanc, modèle moyen , qui me
reviennent, au prix de facture,
rue Grenétat, à 1 fr. 25 c. pièce.   3 75

3° Sept petites poupées communes à ressorts , entièrement
perdues, dont le prix, rue Thi-
bautodé, est à raison de 50 c. l'une.   3 50

4° Deux boîtes de sapin, dites
à ménage, contenant fourchettes,
plats, verres en étain, à 1 fr. 50 c.   3 »

5° Trois poupées de moyenne
grandeur, dont la figure est entièrement souillée , et qui de-
manderaient autant pour être re-
mises à neuf que des nouvelles ;
. ce sont des poupées d'Allemagne,
fournies par la maison d'Eschew-
sille , à 2 fr. 35 c. 7 05

6° Un régiment de soldats en
plomb dans leur boîte, bien con-
ditionnés, avec un vernis nouveau , inventé par M. Dufour-
mentolle, à Paris. . . . . . .   6 »

7° Un lapin qui bat du tambour
lorsqu'on le fait rouler, le seul
que j'avais dans mon magasin,
fourni par M. Schann, rue aux
Ours.   40   »

8° Encore de M. Schann, un
troupeau de vaches de forte dimension, avec peau en laine. .   75   »

9° Une superbe poupée, nouveau genre, ce qu'il y a de mieux,
qui, en tombant, a eu les yeux
perdus et le nez fracassé, et que
je mets au plus bas prix, espérant
qu'elle pourra être réparée. . .   26   »

10° Ma devanture fracassée en
plusieurs endroits par la foule qui

se pressait devant et qui a cassé
trois carreaux ; le dommage es—
timé par les hommes de l'art. . 588 »

11° Sucreries glacées sur lesquelles sont tombés des morceaux
de vitres cassées, et que je suis
obligé de retirer de la montre, six
livres à peu près. . . . . . . 24 »

12° Dégâts causés au mur du
corridor, par le chevreuil en se
sauvant, et mise en désordre de
ma chambre àcoucher. . . . . 180 »

— Assez, Charles, dit la comtesse.

— Ma tante, j'allais avoir fini ; mais

vous comprenez quel temps m'a pris cette longue visite de l'épicier qui réclamait dix-sept cent soixante-dix-sept francs et quatre-vingts centimes, pour l'honneur que lui avait fait le chevreuil en visitant sa boutique.

— L'as-tu payé ? demanda Julien.

— Du tout ; d'ailleurs je n'avais pas mille francs sur moi ; mais nous sommes sous le coup d'un procès très compliqué. Ce M. Jajeot a été trouver l'aubergiste de la Tête-Noire pour se faire payer, l'aubergiste me l'a renvoyé ; voilà un homme qui me lisait sa note et qui s'arrêtait à chaque article en versant des larmes. Les poupées semblaient ses enfants chéris, et encore

l'épicier me disait qu'il voulait bien me
faire grâce de la vente qu'il avait manquée
à cause de la foule qui entourait sa boutique. D'abord j'ai pensé à payer pour m'en
débarrasser, mais il m'a semblé que la
note était un peu exagérée; alors je suis
allé chez ce M. Jajeot, demandant à visi-
ter les victimes du désastre. Mon homme
a paru troublé; déjà tout était remis en
ordre dans sa boutique, il n'a pu me montrer que deux ou trois écorniflures à de
mauvaises poupées de quatre sous... Je ne
demande pas mieux que de payer, mais je
n'aime pas être trompé... Et puis, voici ce
qui se présente : nous chassons un chevreuil, d'autres s'en emparent, très bien ;
mais alors, c'est à ceux-là qu'il appartient
de payer les dommages causés par la bête.

L'aubergiste de la Tête-Noire nous fait
payer ce chevreuil cinquante francs, par
la raison que son chef l'a tué ; donc c'est
lui qui doit solder les dégâts faits par ce
même chevreuil chez l'épicier. Quand je
lui ai dit que M. Jajeot nous réclamait
près de dix-huit cents francs, il a paru
vouloir abandonner la propriété du chevreuil, et il ne demande plus que les frais
de cuisson.

— Quelle histoire ! dit la comtesse.

— Ce n'est pas tout, dit Jonquières,
est-ce que les trois hôteliers rivaux du
Soleil-d'Or, de l'Écu et du Griffon, ne prétendent pas aussi avoir une forte part de
propriété dans la personne du chevreuil,

parce que, disent-ils, ils ne sont pas étrangers, par leurs poursuites, à sa prise?

— Mais, dit la comtesse, M. Creton du Coche peut réclamer aussi, puisque le chevreuil a été tué dans sa cave.

— Il ne réclame rien, dit Julien.

— Oui, je l'oubliais, dit Jonquières; donc, avec les quatre aubergistes, Julien et moi, M. Creton, l'épicier Jageot et les garçons bouchers, nous sommes une quinzaine à tirer chacun le chevreuil. Comme ce Jageot nous menaçait d'un procès, je me suis mis à rire et je n'ai plus voulu payer, voulant me donner le plaisir d'entendre plaider cette affaire.

— Vous auriez dû prendre arrange-
ment, Charles, dit la comtesse ; il n'appartient pas à la noblesse de se laisser
poursuivre pour une malheureuse somme
de dix-huit cents francs.

— Je n'aurais pas mieux demandé, chère
tante, mais cependant je n'aime pas à me
sentir dévorer la laine sur le dos par ces
intraitables marchands qui abusent d'une
particule nobiliaire devant un nom pour
nous traiter en ennemis.

— Je suis un peu de l'avis de Charles,
dit Julien. M. Creton est avoué, il connaît
l'affaire à fond. Puisque le drame s'est
dénoué dans sa maison, et qu'il doit venir
ici, nous le consulterons là-dessus.

— Comme il vous plaira, messieurs, dit
la comtesse; si vous trouvez quelque amu-
sement à plaider, libre à vous.

— Oui, dit Julien, M. Creton sera mon
conseil, et je choisirai un avocat plaidant
que j'ai rencontré au dîner pour nous défendre.

Le lendemain, l'avoué n'était pas arrivé
dans la matinée; le comte, impatienté, se
promenait à pied sur la route qui conduit
à Molinchart, espérant découvrir plus tôt
la voiture qui amenait Louise et son mari.
Il craignait que Louise n'eût exigé de l'a-
voué qu'il renonçât à venir à la campagne;
peut-être M. Creton du Coche avait-il déjà
quelques soupçons de l'amour du jeune
homme!

I   17

Mille idées traversaient l'esprit de Julien sans qu'il pût s'arrêter à une seule. Il revenait au château lorsqu'il rencontra son cousin, qui lui dit :

— L'avoué est arrivé !

— C'est impossible, je n'ai pas quitté la route.

— Il a pris le chemin de traverse.

— Ah ! s'écria Julien... tu as vu Louise ?

— Non, il est seul.

Julien fit un signe de dépit.

— Elle craint de se trouver avec moi.... Où est M. Creton ?

— Il cause avec ma tante.

— Bien ; ne fais pas semblant de m'a-
voir rencontré, et dis à Jacques de seller
mon cheval sans que personne ne le vole ;
je vais à Molinchart.

— Pendant que le mari est ici ? dit Jonquières. Prends garde, cela se saura, tout
le monde te verra sur la place.

— Que faire ?... dit Julien. Je veux la
voir, lui parler cependant.

— Il y a peut-être un moyen...

— Dis vite, lequel ?

— Ne voyant pas arriver l'avoué, ne

recevant pas de réponse, tu es censé être
parti depuis ce matin le chercher. Comme
il est venu par la traverse, tu ne l'as pas
rencontré.

— Oh ! mon cher ami, quel service !

— Justement, dit Charles, j'ai dit que
tu étais allé ce matin sur la route de Molinchart ; je n'ai pas parlé si tu étais à
pied ou à cheval, mais prends garde qu'on
ne te voie ; va attendre au petit bois, j'y
ferai conduire dans dix minutes ton cheval,
et personne n'en saura rien.

Le comte trouva long d'un siècle le
temps assez court que son domestique mit
à lui amener le cheval.

— Surtout, lui dit-il, si ma mère t'in-
terroge, ne manque pas de lui dire que je
suis parti il y a près d'une demi-heure...

Aussitôt il éperonna son cheval, partit
au grand galop et arriva en un quart
d'heure au pied de la montagne de Molinchart.

Les cavaliers ont l'habitude de faire un
certain détour pour prendre une montée
meilleure que celle qui part du faubourg ;
mais le comte ne se souciait guère des
difficultés de la montagne, et il aurait tué
son cheval pour arriver cinq minutes plus
tôt, car, tout vraisemblable que fût son
mensonge, il ne pouvait rester longtemps
auprès de la femme de l'avoué, celle-ci
étant seule.

Il traversa les rues désertes de la ville,
faisant retentir les pavés du pas de son
cheval, et il le conduisit à la Tête-Noire,
d'où il sortit sans répondre aux questions
de l'hôte.

Faglain, le maître clerc de l'étude, qui
était pour le moment à la fenêtre, occupé
à regarder la devanture de l'orfèvre qui
fait face, aperçut le comte qui se dirigeait
vers la maison de son patron; aussitôt la
sonnette retentit.

— La bonne! cria Faglain, on sonne!

Le maître clerc cherchait les moyens
d'occuper ses loisirs et de montrer son
zèle; malgré le bruit de la sonnette, il

jugeait à propos d'annoncer qu'on venait
de sonner.

— La bonne, on sonne ! répéta Faglain,
qui laissait à peine à la domestique le
temps d'aller à la porte. Le désœuvrement
de Faglain était si grand qu'une figure
nouvelle était dans sa vie monotone une
immense occupation ; aussi, au contraire
des êtres ennuyés qu'on rencontre souvent
dans les bureaux , montrait-il un visage
aimable aux rares clients de l'étude. C'é-
taient, pour Faglain, des espèces d'acteurs
qui lui donnaient la comédie, et dont il ne
pouvait se lasser d'admirer la voix , les
gestes, les vêtements. En entendant ouvrir
et refermer la porte, la joie passa sur tous
les traits de Faglain, qui, en un clin-d'œil

s'entoura de vieux dossiers , trempa sa
plume dans l'encrier , se frotta les mains
pour se les dégourdir , comme s'il allait
entreprendre une longue besogne , donna
une tournure à ses cheveux , et se mit à
son bureau dans la posture d'un clerc
accablé de besogne.

— M. Creton du Coche est-il visible?
demandait le comte à la domestique.

— Monsieur, il est sorti pour la journée.

— Et madame ?

Alors la domestique fit entrer le comte
dans la chambre où se tenait Louise , qui
rougit extrêmement en voyant le jeune
homme.

— Comment, monsieur! dit-elle ; et elle
s'arrêta brusquement comme si elle avait
voulu retenir cette exclamation ; mon
mari est à la campagne.

— Je le sais, dit Julien, et je venais
savoir de vos nouvelles, madame, crai-
gnant que vous ne fussiez indisposée,
puisque vous deviez accompagner M. du
Coche.

— Non, monsieur, je n'ai jamais promis
de suivre mon mari... Et c'est lui, dit-elle,
qui vous envoie?...

— Je suis venu, madame, de mon pro-
pre mouvement.

— Mais, monsieur, dit Louise, il n'est

pas convenable que je vous reçoive en l'absence de mon mari... Je vais appeler la bonne ; vous avez l'air fatigué ; auriez-vous besoin de rafraîchissement ?

— Je vous remercie, madame ; je suis venu un peu vite, il est vrai, et je vous demande pardon si je me présente auprès de vous avec quelque poussière sur mes habits.

La femme de l'avoué était fort émue et ne savait comment se tirer de cette visite inattendue ; elle se leva, alla vers le cordon de la sonnette près de la cheminée ; mais le comte s'empara de sa main, qu'il pressa violemment.

— Vraiment, madame, il est inutile

d'appeler votre femme de chambre... je
repartirai plutôt immédiatement.

— Oui , monsieur , vous avez raison...
Que va penser mon mari de votre fuite ?

— Madame , il ne m'a pas vu et je ne
l'ai pas vu ; je suis censé venir au-devant
de lui.

— Parlez moins haut , monsieur , dit
Louise, on pourrait vous entendre... Par-
tez, monsieur ; tenez, j'ai déjà l'air d'être
du complot.

— Eh bien! madame, je vous obéis, dit
le comte en se levant ; je vous ai vue et
j'emporte du bonheur pour quelques

jours... Mais pourquoi, madame, n'avoir
pas accepté notre invitation, car ma mère
eût été enchantée de vous recevoir.

— Je vous l'ai dit, monsieur, je ne sors
pas, je vis seule, je ne demande qu'un peu
de tranquillité.

— La campagne est si jolie par là, dit
le comte; vous auriez trouvé dans ma
mère une femme excellente qui, elle aussi,
vit dans l'isolement, mais qui vous aurait
porté beaucoup de symphatie... Je lui ai
parlé de vous; j'ai annoncé votre arrivée;
elle se faisait une fête de vous avoir quelques jours.

— Remerciez beaucoup pour moi ma-

dame la comtesse , monsieur ; mais vous
savez qu'il m' est impossible d'aller à Vorges.

— Je le vois bien , madame , vous craignez de vous ennuyer avec nous.

— Ah ! monsieur , mon existence d'ici
est-elle si gaie ! vous le voyez , je resterai
pendant l'absence de mon mari telle que
vous m'avez trouvée ; je ne recevrai
aucune visite, et je n'en rendrai aucune.

— Ce n'est pas vivre, madame, dit Julien ; vraiment, M   Creton a réalisé dans
son ménage la vie orientale. Est-ce que ,
par hasard ; il vous aurait empêchée de
l'accompagner ?

— Du tout, monsieur, ne le croyez pas;
M. Creton me laisse parfaitement libre, et
il n'insiste jamais quand je manifeste le
moindre désir. Je lui ai dit que je ne me
souciais pas d'aller à la campagne, il est
parti fort tranquille et fort insouciant ; il
reviendra sans me demander l'emploi de
mon temps.

— Alors, madame, il y a un motif caché qui vous retient ici.

— Un motif caché? dit Louise en souriant ; si vous étiez de la ville, monsieur,
vous sauriez bien que je n'ai pas de motif
caché.

— Madame, nous ne nous entendons

pas , et je crois m'apercevoir que vous
donnez à mes paroles une couleur à laquelle je ne pense guère ; mais j'aurais
voulu savoir...

— Eh bien, monsieur , pour aller à la
campagne, il faut de certaines toilettes que
je n'ai plus maintenant que je vis ren-
fermée.

— Si vous connaissiez ma mère , madame, vous vérriez qu'il ne faut aucune
toilette particulière. Nous ne menons pas
à Vorges la vie élégante des châteaux...
Avouez, madame, que c'est une mauvaise
raison ?...

— Je ne puis pas avouer , monsieur ,

que j'ai des robes de campagne. Je vais vous le faire dire par ma bonne si vous y tenez.

Comme Louise allait sonner, le comte lui reprit encore la main.

— J'aurais été si heureux, madame, entre vous et ma mère...

Louise essayait de retirer sa main.

— Mais, monsieur, vous n'êtes pas parti, comme vous le disiez tout à l'heure.

— Madame, je vous en conjure, je ne vous parlerai pas de mon amour.

— De votre amour? s'écria la femme de l'avoué en se levant brusquement.

— Oui, madame , depuis trois jours je ne vis plus, je ne songe qu'à vous, je vous ai perpétuellement devant les yeux, je ne saurais plus me passer de vous voir , de vous regarder , d'entendre votre voix.

— Monsieur ! s'écria Louise , voulant sortir et clouée près de la cheminée.

— Je vous en prie, madame, ayez pitié de moi ; je ne vous demande rien que de ne pas vous cacher ; ne restez pas enfermée pour moi.

— Monsieur, je suis mariée !

— Quel mal y a-t-il , madame , à vous laisser regarder ; est-ce ma faute si vous êtes belle? Je vous ai aimée dès la première

I 18

minute, et rien ne saurait m'empêcher de
vous aimer jusqu'à la fin de ma vie; il n'y
a ni lois ni mari qui sauraient aller contre
mon amour. Vous voulez vous enfermer,
je vous verrai malgré vous; si vous ne
me parlez pas, vos yeux parleront pour
vous.

— Voilà ce que je craignais d'entendre
en allant à la campagne, dit Louise.

— Vous n'êtes pas venue, madame, et
cependant je vous ai dit ce que j'avais sur
le cœur. Pourquoi, madame, voulez-vous
que mes paroles meurent en moi? L'impression a été trop vive, et l'impression
pousse mes paroles : je savais que je trouverais toujours une heure pour vous forcer

à m'écouter ; si l'occasion n'était pas venue aujourd'hui je l'aurais saisie demain,
dans huit jours, dans un mois, dans un
an, n'importe quand ; mon amour n'est
pas de ces affections légères qui s'envolent
au moindre vent... J'ai cru avoir aimé
dans ma vie, mais je m'étais trompé ;
depuis que je vous ai vue, madame, j'ai
senti en moi de nouveaux sentiments in-
connus qui m'ont prouvé que j'aimais pour
la première fois.

— Par pitié, monsieur, dit Louise,
laissez-moi. Retournez à la campagne ;
oubliez-moi, si réellement vous m'aimez,
car je ne peux vous rendre une pareille
affection ; tout au plus pourrai-je vous
offrir en échange une amitié sincère.

— Vrai ! s'écria le comte, vous me don-
neriez votre amitié ?... Que je suis heureux ! Dites-le moi encore , madame, et je
ne demande qu'une preuve, une seule.

— Ah ! monsieur, vous demandez déjà ?

— Laissez-moi vous appeler Louise ; si
vous aviez un frère , vous ne seriez pas
blessée de vous entendre appeler par
votre nom , n'est-ce pas ? Dites que vous
m'autorisez à vous appeler Louise ?

— Est-ce possible, monsieur , devant le
monde... devant mon mari ? L'amitié n'a
pas besoin de preuves.

— Eh bien ! Louise, je jure de vous le

dire si bas que personne ne l'entendra; ce
sera un simple mouvement des lèvres, et
vous seule le devinerez plutôt que vous ne
l'entendrez. Et maintenant vous viendrez
à la campagne, n'est-ce pas?

— J'ai refusé mon mari, cela ne parai-
trait pas naturel, d'autant plus qu'il saura
que vous êtes venu.

— Je ne le lui dirai pas.

— Au contraire, il faut le dire : y pen-
sez-vous, monsieur? Ma bonne, les voisins,
toute la ville qui vous a vu; dites à mon
mari que vous êtes venu.

— Oui, Louise, et je dirai que vous

m'avez refusé aussi ; je parlerai à ma mère , et elle fera tant qu'elle décidera votre mari à vous écrire ; elle vous écrira elle-même, et vous ne pourrez plus refuser de passer quelques jours avec elle.

— A une condition , dit la femme de l'avoué , c'est que vous ne me parlerez pas d'amour.

— J'accepte, dit le comte.

— Au premier mot d'amour, je reprends le chemin de Molinchart.

— Oh ! alors, j'espère vous garder toute l'année.

Maintenant, monsieur , sortez , car

votre visite s'est un peu trop prolongée,
et je crains que ma domestique ne ba-
varde.

Pendant cette conversation, le maître
clerc Faglain avait manifesté la plus
grande inquiétude : il ne comprenait pas
où était passé l'étranger qui avait sonné à
la porte, car il n'était pas dans les habitudes de la femme de l'avoué de recevoir
les clients de l'étude.

La mise en scène du maître clerc était
perdue ; ses dossiers étalés, ses écritures,
ses plumes, l'encre qu'il avait versée dans
l'encrier vide, firent qu'il chargea trois
feuilles de papier d'immenses paraphes à
la plume, qu'il interrompit seulement en
entendant refermer la porte de la rue.

VII

Diverses aventures de l'avoué savant.

M. Creton du Coche était parti de Molinchart dans l'intention de s'écarter un
peu de la ligne droite, afin de traverser
divers petits villages qui sont dispersés
dans la campagne, et qui, situés, les uns

sur des versants de collines, les autres
dans des vallons, doivent subir par leurs
positions les modifications de la température.

L'avoué portait à sa cravate la fameuse
décoration inventée par Larochelle, qui
consistait en un petit thermomètre d'une
dimension déjà fort respectable en comparaison des épingles qu'il était d'habitude alors d'afficher en pareil endroit.

Ce petit thermomètre, ainsi que les habits neufs pour un enfant, occupait extraordinairement M. Creton du Coche, qui
s'arrêtait au moins deux fois par quart de
lieue pour regarder sa décoration.

Malheureusement le thermomètre était

situé un peu trop près du menton, et l'a-
voué ressemblait à ces personnes, qui
voulant se rendre compte de la longueur
de leur nez, louchent en forçant les yeux
à s'arrêter sur un point trop rappro-
ché.

L'ordre du thermomètre donnait une
nouvelle physionomie à l'avoué, qui marchait plus droit que de coutume, la tête
plus en arrière, et qui respirait plus libre-
ment et avec plus de délices.

Quand M. Creton voyait au loin sur la
route, soit une charrette, soit un berger
conduisant son troupeau, soit un paysan,
il ralentissait le pas et s'arrêtait même
afin que le passant pût considérer la déco-

ration du thermomètre ; mais il s'aperçut
avec chagrin que les paysans passaient
leur chemin et ne paraissaient pas remarquer cet insigne.

Quelques-uns même ne le saluaient pas ;
aussi l'avoué prit-il le bon moyen de dire
le premier : « Bonjour l'ami, » ce qui est
contre toutes les règles du village, où le
paysan, dans cette partie de la France, a
conservé l'habitude de saluer les bourgeois avant que ceux-ci aient manifesté
l'intention de répondre.

Mais on a vu et on voit encore dans
Paris des nouveaux décorés qui, s'apercevant qu'un factionnaire a la tête tournée,
s'ingénient à le coudoyer, à se moucher
d'une telle force que le factionnaire, rap-

pelé à l'attention, est obligé de porter les armes.

Depuis qu'il faisait partie d'un corps savant, M. Creton du Coche prit une singulière manie, celle de déguster l'air, ainsi que d'autres dégustent le vin. Il reniflait le vent, car il fermait la bouche exactement et aspirait l'air dans le nez, en faisant entendre un petit bruit singulier produit par les narines.

De temps à autre, il s'arrêtait et se rendait ainsi compte de l'air qu'il appréciait par aspiration. La science amène souvent de ces tics.

A Landouzy, une petite ville près de

Vorges, l'avoué entra dans une auberge
sous le prétexte de se rafraîchir ; mais il
avait vu quelques buveurs attablés, et il
désirait se rendre compte de l'effet que
produirait sa décoration, en même temps
qu'il voulait constater dans une glace
l'importance que le thermomètre apportait dans son habillement. Malheureusement, il n'y avait pas le plus petit miroir
dans le cabaret, et les buveurs, qui étaient
lancés dans d'interminables questions
de terres à louer, ne levèrent même pas
la tête.

La femme qui apporta à boire à l'avoué,
et qui tenait un petit enfant dans ses bras,
n'eût pas remarqué le thermomètre,

si l'enfant n'eût allongé ses bras vers l'a-
voué.

C'était un petit drôle mal débarbouillé,
d'une laideur de singe, et qui fit reculer
M. Creton du Coche, ne se souciant pas
de donner une embrassade à un si vilain
marmot.

Comme l'aubergiste s'en allait après
avoir apporté de la bière à l'avoué, l'enfant
poussa des cris aigus et se retourna du
côté du nouvel entrant, autant que pouvait
le permettre son emmaillotement.

— Qu'est-ce que t'as ? s'écria la mère.

Pour toute réponse l'enfant étendit les

bras du côté de l'avoué, en agitant ses doigts dans la direction du thermomètre ; alors seulement la mère aperçut l'objet.

— Eh ! quel drôle de bijou vous avez là, monsieur, dit-elle.

M. Creton fit un petit rire de satisfaction. L'enfant continuait toujours à crier en se lançant en avant pour pousser sa mère à s'approcher de l'objet de sa curiosité ; la mère approcha, et l'enfant put promener les mains sur toutes les parties du thermomètre et meubler son cerveau de l'idée de formes nouvelles.

— N'ayez pas peur, il est gentil, dit la

mère, qui voyait l'avoué reculer, car les
mains de l'enfant avaient touché mille objets de différente nature qui laissaient des
traces trop positives, et M. Creton du Coche était hésitant entre le plaisir qu'il
éprouvait d'avoir attiré l'attention d'un
esprit innocent et la crainte que cet esprit
innocent ne souillât sa cravate d'attouchements sans délicatesse et sans propreté.
Après avoir flatté le thermomètre par de
nombreuses caresses, l'enfant poussa plus
loin ses désirs ; son instinct l'avait amené
à comprendre qu'il ne faisait pas partie de
la personne de M. Creton, et il cherchait à
le détacher violemment :

— Petit, petit ! s'écria l'avoué défen-
dant la décoration contre les attaques de

l'enfant ; mais celui-ci s'était penché ; et,
tout en essayant de se rendre maître de
son thermomètre avec ses mains et sa bouche, il avait laissé sur la cravate divers
résidus de confitures.

— En voilà assez, monsieur, dit l'a-
voué, croyant en imposer à son jeune
admirateur en le traitant respectueuse-
ment.

Le *monsieur* poussa des cris tellement
perçants qu'un des buveurs leva la tête.

— Qu'est-ce qu'il a donc, le mio-
che ?

— Il s'amuse, dit la femme à son
mari

— S'il continue à nous ennuyer, donne
lui la schlague.

— Allons, monsieur, voulez-vous lâ-
cher ? C'est assez , monsieur , s'écria
M. Creton du Coche, luttant contre l'enfant, qui avait fini par s'emparer de la décoration.

La mère, qui était un peu complice de
l'enfant, se recula de telle sorte que l'a-
voué, séparé par la table, ne put atteindre
l'enfant ; celui-ci s'était mis immédiatement à fourrer le thermomètre dans sa
bouche.

— Arrêtez! s'écria l'avoué ; il va casser
le verre : c'est du poison.

A ce mot, l'aubergiste se leva de table.

— Qu'est-ce qu'il y a donc? dit-il en jurant.

— Du poison ! s'écriait M. Creton du Coche.

L'homme s'empara du thermomètre qui apparaissait et disparaissait dans la bouche de l'enfant, et qui avait dû passer en cinq minutes par tous les degrés de chaud et de froid. Il donna un soufflet à sa femme.

— Tiens, voilà pour l'apprendre, dit-il, à donner à manger des baromètres à ton

enfant. Et vous, maladroit, dit-il a l'avoué,
vous n'avez donc pas le sens commun, à
votre âge, de laisser traîner cette machine
que j'ai envie de casser?

— Permettez, monsieur, s'écria l'a-
voué, qui frémit à l'idée de voir sa décoration détruite, votre fils me l'a pris de
force.

Les paysans regardaient de travers le
bourgeois, la femme pleurait, l'enfant
criait; M. Creton profita du moment où
l'aubergiste prenait vingt sous qu'il avait
déposés sur la table pour rentrer en possession de son thermomètre et s'échapper
de l'auberge où il avait failli être victime
de la science.

En sortant, il huma l'air avec une satisfaction indéfinissable ; le ciel eût été
chargé d'orage et de tempêtes, qu'il eût
trouvé la température fraîche et paisible,
eu égard à la scène qui venait de se passer
à l'auberge.

Ayant nettoyé sa cravate, salie par les
attouchements de l'enfant, et rattaché
son petit thermomètre à l'aide de l'épingle
qui y était fixée, l'avoué, au bout de dix
minutes de marche, arriva au château de
la comtesse de Vorges, où il débuta par
raconter son accident, afin de fixer immédiatement l'attention sur le fameux thermomètre.

Ce fut seulement au dîner que Julien
revint de Molinchart.

— Je suis bien fâché, lui dit l'avoué, d'avoir pris la traverse; autrement, nous nous serions rencontrés, et je vous aurais évité la peine d'aller à Molinchart.

Le comte dit qu'il n'y avait pas de peine.

— Eh bien, reprit M. Creton, vous avez vu ma femme; elle ne veut pas venir, elle est entêtée; mais je la laisse faire ce qu'elle veut.

— Tu aurais dû insister, mon ami, dit la comtesse à son fils.

— Madame, dit l'avoué, c'est inutile.

— Les hommes sont maladroits, dit la comtesse; je veux essayer moi-même. Dans quelques jours, j'irai à la ville voir ma fille à sa pension, et je rendrai visite à madame Creton. J'aurai ma voiture, et j'espère la ramener. Peut-être madame Creton n'était-elle pas enchantée de faire deux lieues à pied à vous suivre dans vos explorations. D'un autre côté, il n'était pas convenable qu'elle vînt avec Julien.

— Aussi, ma mère, n'ai-je pas voulu trop presser madame Creton.

L'avoué remercia la comtesse, et dit qu'il ne pensait pas que cette démarche fût utile, car sa femme n'aimait pas

la société et trouvait son bonheur à vivre
seule.

Jonquières avait feint une curiosité violente pour les expériences de l'avoué, et il
se posa, dès la première soirée, en écou-
teur avide et dévoué.

— Je remplis là une mission pénible,
dit-il à son cousin, mais je ne te demande
pas de remercîments. J'ai cru nécessaire
de flatter la manie de M. Creton du Coche,
car nous ne savons guère ce qui va arriver. Si par hasard madame Creton se dé-
cide à passer quelques jours ici, il est bon
que dans le principe j'aie l'air de m'occuper de son mari, afin que tu ne sois pas

forcé de lui faire les honneurs de la campagne.

— Viendra-t-elle ! dit Julien. Tu peux
à peine t'imaginer combien je suis inquiet ; je voudrais lui écrire, je crains de
la blesser.

— Ma tante est du complot sans le
savoir ; madame Creton n'osera la refuser.

— Oui, dit Julien, mais peut-être ma
mère n'ira-t-elle pas à Molinchart avant
huit jours, et huit jours sont si longs !...
Je n'ai plus de motifs pour revoir
Louise.

— Eh bien! dit Charles à son cousin, prépare-la à la visite de ta mère.

— Oh! mon ami, dit Julien, tu me sauves; je vais écrire.

Aussitôt il se renferma et écrivit à Louise une lettre par laquelle il lui annonçait l'arrivée de madame de Vorges. Dans cette lettre, Julien avait su faire passer les troubles secrets de son cœur, tout en les voilant de façon à ne pas trop alarmer la femme de l'avoué.

La comtesse de Vorges, pressée de revoir sa fille, partit bientôt pour Molinchart, où l'appelaient les vacances et la distribution des prix, laissant M. Creton

du Coche au soins de son fils et de son
cousin.

L'avoué fatiguait les deux amis de ses
observations météorologiques et les entraînait dans des courses lointaines et acci-
dentées, car il accomplissait sa mission
avec un rare dévoûment. Aussitôt qu'il se
trouvait dans une vallée, il avait hâte de
la quitter pour gravir une montagne ; à
peine arrivé au haut de la montagne, tout
couvert de sueur, il la descendait précipi-
tamment, afin de saisir plus vivement la
différence qui existait entre la température des lieux bas et celle des lieux éle-
vés.

Ces observations conduisaient l'avoué à

faire une gymnastique perpétuelle dont il
ne se doutait pas ; mais il était soutenu
par un orgueil secret qui prenait sa source
dans la décoration du baromètre.

Si, dès le début, la Société météorologique lu avait conféré une récompense déjà
glorieuse, que lui réservaient, par la suite,
ses travaux qu'il couchait consciencieuse-
ment chaque soir dans un journal ? Jonquières, ayant affecté une sorte de respect
pour e petit baromètre, fut victime de ses
propres sarcasmes, car M. Creton du Coche entreprit de le convertir à la science
nouvelle et d'en faire un missionnaire dévoué.

Les deux amis eurent à soutenir des

théories sans fin, filles des discours du
commis-voyageur Larochelle, mais qui,
empreintes de l'esprit de l'avoué, atteignaient des proportions académiques et
grotesques.

Ces discours, comiques à écouter une
fois, devenaient insupportables à la troisième édition.

— Je n'y tiens plus, dit Charles à son
cousin, l'avoué me rendra fou.

— Oui, dit Julien, il est insupportable,
cela ne peut pas durer.

— Encore, dit Charles, tu es avec moi,

mais quand je serais seul avec ce marchand de baromètres, jamais je n'aurais la
patience de l'écouter. Il m'agace...

— J'y pense beaucoup, dit Julien, et je
cherche un remède violent.

— Il faudrait essayer de détourner le
cours de ses idées et lui donner une autre
passion ; s'il avait une seconde manie en
tête, elle livrerait un combat acharné à la
première ; peut-être se détruiraient-elles
l'une par l'autre.

— Une manie n'est pas si facile à trouver, c'est comme si tu voulais inventer un
huitième péché capital.

— N'avons-nous pas notre procès? dit
Jonquières.

— Le soir, le comte pria l'avoué de lui
prêter la plus grande attention; car il avait
besoin, disait-il, de ses lumières; et il exposa l'affaire du chevreuil dans les moindres détails, en priant M. Creton du
Coche de rédiger un mémoire sur cette affaire.

— Un mémoire! s'écria l'avoué; qu'est-
ce que vous me demandez là, à moi, qui
ai désormais consacré ma vie aux sciences
naturelles? J'ai assez de l'atmosphère des
paperasses, de l'odeur des dossiers.

C'est la Providence, monsieur, qui m'a fait connaître ce jeune savant, M. Larochelle ; en m'initiant aux mystères de la météorologie, il m'a tiré de cette vie processive pour laquelle je n'étais pas né. Ma femme, qui est une personne froide et de bon sens, serait plutôt capable de vous comprendre que moi.

— Madame Louise ! s'écria Julien.

— Certainement ; mais vous n'êtes pas pressés, vous n'avez pas reçu d'assignation... Quand il en sera temps, allez trouver mon maître clerc Faglain.

— Il ne pourra nous défendre devant le tribunal.

— Non, mais il vous choisira un bon avocat, qu'il initiera d'avance aux moindres faits de cette affaire, et il est d'un bon conseil. Faglain mène mon étude depuis plus de deux ans, je lui laisse une liberté complète, et jamais je n'ai eu à m'en repentir; il tranche avec beaucoup de sangfroid les affaires les plus épineuses, les plus délicates.

— Mais l'assignation ne peut tarder à venir, dit le comte, et je crois que je dois d'abord préparer mes notes; recueillir mes souvenirs et ceux de mon cousin, afin de ne pas être accablé au dernier moment et de ne pas agir à la légère.

— Oui, dit l'avoué, il n'y a pas de mal.

— C'est que, dit le comte, n'ayant pas
l'habitude de rédiger ces sortes de mémoires, cela va me coûter de la peine.

— Mettez-y le temps, dit l'avoué.

— Je tremble devant cette besogne...

— Faites-vous aider par M. Jonquières.

— Avec plaisir, dit celui-ci ; mais, monsieur Creton, si nous nous mettons à rédiger ce mémoire, nous ne pourrons pas
vous accompagner de quelques jours dans
vos excursions.

— Que je ne vous gêne pas, messieurs ;

¹a nature m'occupe tellement à cette heure que je pourrais vivre seul dans une île sans m'ennuyer.

— Nous vous donnerons Jacques, dit le comte ; c'est un garçon intelligent qui n'est guère sorti de la campagne. Ainsi que tous les paysans, il connaît à fond la nature sans s'en douter.

— Oui, oui, dit l'avoué, il sent et ne raisonne pas. Je lui apprendrai à raisonner. Vous auriez dû me le dire plus tôt ; n'importe, il n'y a pas de temps perdu. Quelle jouissance que de graver la science petit à petit dans un esprit vierge... Ah ! messieurs, quelle idée, et combien je vous remercie de m'avoir procuré un élève... Je

l'écrirai à la Société météorologique ; je
pourrai donc saisir en face de la nature
les aspirations d'un cœur que le séjour
des villes n'a pas gangrené.

— Je vais vous le faire venir, dit le
comte.

Jacques avait suivi son maître à Paris
pendant sa folle jeunesse, et il eût été capable de devenir valet de chambre de
M. de Talleyrand, par sa finesse et son
esprit de rouerie naïve, moitié campa-
gnarde et moitié parisienne. Quand le
comte revint chez sa mère, Jacques aban-
donna sans trop de regrets sa livrée brun
et or, et il reprit ses habitudes de coq de
village, adoré de toutes les filles de Vorges
et de Landouzy.

— Jacques, lui dit le comte, je te donne pour quelque temps à M. Creton du Coche.

— Bien, monsieur le comte.

— Tu obéiras à ses moindres désirs, tu flatteras ses manies.

— C'est facile, monsieur le comte.

— Tu deviendras son élève...

— Comme il plaira à monsieur le comte.

— Tu ne sais pas ce que c'est que la météorologie ?

— Non, monsieur le comte.

— A partir de ce moment, tu es censé avoir étudié la forme des nuages, suivi leurs mouvements, tu devines quand il devra pleuvoir, grêler et éclairer.

— Très bien, monsieur le comte; comme un berger, alors?

— Précisément. Quel temps fait-il au-jourd'hui?

— Très beau, monsieur le comte.

— Cela ne suffit pas, tu ne vois rien dans l'air?

— Rien du tout, monsieur le comte.

— Il faut que tu voies, Jacques, quand

même tes prédictions ne se réaliseraient
pas... Que vois-tu maintenant?

— Un nuage blanc qui n'a l'air de rien
pour le moment, mais là-bas il y a un
autre nuage qui semble courir après le
premier : cela n'annonce rien de bon ; ils
se rencontreront, l'un grimpera sur l'autre ; si d'ici à une heure il se dessine encore d'autres nuages dans la même couleur et avec des formes pareilles, je ne
réponds de rien pour demain.

— Très bien, Jacques ; mais tu doutes
encore trop, il faut affirmer et ne jamais
hésiter dans tes jugements ; ne manque
pas de dire : *cela est positif*, ou *j'en suis*

sûr, ou *je parie,* ou *je ne m'étais pas trompé,*
quand même les faits iraient contre tes
paroles. C'est seulement avec ce langage
que tu plairas à M. Creton du Coche;
écoute-le avec la plus profonde attention,
montre une grande surprise de ses jugements, applaudis avec tact à ses paroles.

— Monsieur le comte, si je commençais
par lui montrer la girouette de Cadet-
Bossu, vous savez, qui est sur sa fenêtre,
du côté de l'église?

— Oui, cela ne fera peut-être pas
mal.

Jacques fut présenté à l'avoué, qui re-

garda avec attention le paysan dont il ne
songea pas à mettre en doute la naï-
veté.

— Allez, monsieur, dit Jacques, puisque vous vous occupez du vent, je vous
ferai faire la connaissance d'un fameux
du pays, le malin des malins pour ce qui
se passe dans l'air. Il ne bouge de sa
chambre, et il sait tout, grâce à ses Cosaques.

— Les Cosaques! s'écria M. Creton
du Coche, ne se rendant pas compte de ce
fait.

— Cadet Bossu est tailleur, dit Jacques;

il a gagné sa bosse en raccommodant des
habits et des pantalons, et il n'en est pas
plus fier pour ça, quoiqu'il soit diablement
malin, allez.

— Allons le voir tout de suite, dit l'a-
voué.

La maison de Cadet Bossu est la dernière du village qui, de ce côté, subit une
pente rigoureuse ; on la reconnaît à un
balcon de bois qui forme une saillie très
prononcée sur le rez-de-chaussée.

— Voyez-vous, monsieur, dit Jacques
à l'avoué, la foule amassée devant sa maison ?

En effet, les enfants du village, groupés en désordre, regardaient en levant la tête vers le premier étage, comme si un événement curieux se passait chez le tailleur.

— C'est que les Cosaques donnent leur consultation, dit Jacques. Ah ! ils sont fins, les Cosaques, et ils ne vous font pas payer leurs paroles.

M. Creton, étonné, courait plutôt qu'il ne marchait, afin d'avoir par lui-même une explication satisfaisante des Cosaques.

Arrivé à quelques pas de la maison du tailleur, il aperçut seulement alors deux statues de bois grossièrement coloriées *et qui*

b̶ ̶q̶u̶i̶ représentaient des Cosaques sauvages, ivres de sang, l'œil rouge, la moustache hérissée.

Ces deux Cosaques, séparés par la lar-
geur du balcon, avaient des bras mobiles
et reposaient sur un pivot tournant. Suivant la direction du vent, ils tournaient
avec rapidité, brandissaient l'un contre
l'autre leurs longues piques et semblaient
prêts à se massacrer.

FIN DU PREMIER VOLUME.

TABLE

Des chapitres du premier volume.

—

Fin de la table du premier volume.

Fontainebleau, imprimerie de E. Jacquin.

www.ingramcontent.com/pod-product-compliance
Lightning Source LLC
Chambersburg PA
CBHW070203030726
47505CB00006B/1560